A CIDADELA INVENTADA

Pihba Cavalcanti

A CIDADELA INVENTADA

AS ESPANTOSAS E SECRETÍSSIMAS VIAGENS ANTIMATERIAIS DO ASTRÔNOMO, BOTÂNICO E ZOÓLOGO GEORG MARKGRAF VAN LIEBSTADT

Romance

BERTRAND BRASIL

Capa: Raul Fernandes

Editoração: DFL

2007
Impresso no Brasil
Printed in Brazil

CIP-Brasil. Catalogação na fonte
Sindicato Nacional dos Editores de Livros, RJ

C367c Cavalcanti, Pihba
A cidadela inventada: as espantosas e secretíssimas viagens antimateriais do astrônomo, botânico e zoólogo Georg Markgraf van Liebstadt: romance/Pihba Cavalcanti. – Rio de Janeiro: Bertrand Brasil, 2007.
240p.

ISBN 978-85-286-1298-1

1. Markgraf, Georg, 1610-1644 – Ficção. 2. Romance brasileiro. I. Título.

CDD – 869.93
07-4203 CDU – 821.134.3 (81)-3

EDITORA BERTRAND BRASIL LTDA.
Rua Argentina, 171 – 1º andar – São Cristóvão
20921-380 – Rio de Janeiro – RJ
Tel.: (0xx21) 2585-2070 – Fax: (0xx21) 2585-2087

Atendemos pelo Reembolso Postal.

Este livro é dedicado a minha mulher, Ana Maria,
e a meus filhos Alice e Bruno

1

Ao final da carta enviada a seu amigo Adriaen Antoniszen, o astrônomo Georg Markgraf dizia:

Se o amigo teme a travessia marítima de longo curso, faça-me saber sem reservas tal receio, para que meus esforços possam estar concentrados em trazê-lo mediante uma transmigração antimaterial.

"... tinha de ser Markgraf", pensou o cartógrafo ao terminar de lê-la. Mas antes dessa estranha proposição nas últimas linhas, e entre outras exuberâncias discursivas próprias de quem a escrevera, uma boa notícia lhe trazia a missiva: Markgraf nela dizia da oportunidade surgida para que Adriaen viesse a unir-se aos assessores do príncipe Johan Maurits, no Recife de Pernambuco, em substituição ao cartógrafo Vingboons, sobre o qual se sabia estar prestes a ser transferido a outro domínio holandês. Sugeria então, como quem traça uma rota depois de bem estudados correntes e ventos, que com o apoio do astrônomo Martinus Hortensius, mestre de Adriaen nas disciplinas de óptica e navegação em Leiden, dificuldades não existiriam para que ele conseguisse uma entrevista com Jan de Laet, um diretor da WIC, West-Indische Compagnie [Companhia das Índias Ocidentais], homem influente e sempre bem informado acerca das incidências do governo holandês naquelas latitudes de América, terras do Brasil.

Como resultado dessas gestões, em abril de 1641 Adriaen celebrava sua chegada ao futuro, seu futuro, com uma delicada evocação de seu passado...

Meu nome é Adriaen, da cidade de Rotterdam. Venho de uma família cujos sustento e meio de vida surgem das águas, felizmente abundantes em arenques, salmões e trutas, do mar do Norte. Meu pai costumava passar dias num barco pesqueiro, e não poderia ser de outra maneira, uma vez que para sair a mar aberto, primeiro há de se vencer uma boa distância até a desembocadura do Reno, lá onde a paisagem de dunas anuncia a transição fluvomarinha, para buscar o que me valeu uma formação em cartografia e navegação, e às minhas duas irmãs uma educação digna, ainda que modesta.

Hoje, ao avistar essa paisagem de estuário de rios em encontro com o mar, o que me toma por inteiro é a sensação de que nós, habitantes das Províncias Unidas de Holanda, porventura somos criaturas irremediavelmente atraídas pelas águas...

Adriaen escrevia em seu diário, enquanto o *Netuno* ingressava no porto do Recife, latitude 8°4'51" ao sul da linha equinocial. O tom nostálgico que transparece nessas notas parece indicar que ele iniciará um novo ciclo, uma nova cronologia de sua vida.

Recife de Pernambuco. O topônimo — já consagrado popularmente e empregado com mínimas variantes de sua grafia em mapas e outros documentos em distintos idiomas — rende tributo ao longo quebra-mar natural, o recife de arenito e corais, a sentinela milenar de pedra que providencia, antes dos homens, um gesto acolhedor de boas-vindas, um descanso nas águas calmas de um porto seguro.

Enfim, o porto. E o destino: esperanças, incertezas, ansiedade, o cais e o burburinho de marujos, soldados, estivadores, a vida que continua. Desembarcar para toda essa gente decerto é como despertar de uma longa hibernação de oceano, atribuindo ao porto o significado de um dia radiante de primavera. Admirável esse movimento de chegada, uma tensão conjunta de só músculos: dos braços fortes dos marujos no manipular frenético de cordas e velas; dos olhos curiosos desses viajantes que se preparam, em sua grande maioria, para começar tudo de novo. Nessa viagem, o *Netuno* traz também soldados — muitos, mercenários ingleses, franceses, germanos, polacos, arregimentados pelos batavos como reforço para suas bases militares em Pernambuco — e, uma constante nos últimos anos, comerciantes judeus, que chegam atraídos pelos negócios florescentes de que tanto comentavam em cartas os amigos e familiares já estabelecidos nestas terras.

Na primeira noite, alguns oficiais, seus auxiliares imediatos e os marinheiros que faziam a guarda das cobertas ainda permaneceriam a bordo das naves; ao todo, são cinco as que chegam. Os doentes de escorbuto já haviam sido desembarcados para os cuidados em terra; também as tropas militares já haviam sido desembarcadas e destinadas às diversas fortalezas. Os demais tripulantes sairiam a buscar diversão nas bodegas e pensões do porto, onde cheiros e sabores tropicais os aguardavam não só nas mesas como também nas camas.

Adriaen despertou antes do sol. Passeou um olhar atônito pelo pequeno quarto do navio que habitava já fazia quatro meses: despertava de um sonho denso (daqueles que deixam resíduos, mixórdia de prazer e dor, no regresso ao estado de vigília). Abriu o diário. O sonho. Queria descrevê-lo de um só fôlego, reconstituir o mais fielmente possível a convulsiva seqüência de imagens...

De um lugar alto observo aquele que também sou eu escavando a terra freneticamente, terra que, ao ser lançada para cima, no ar, se transforma em água que me molha a face e os olhos que já passam a mirar um mapa que parece estar vivo, porque se movem dois grandes blocos de terra que se separam, e outra vez a água que agora invade o espaço entre esses blocos ergue-se em turbilhão molhando desta feita meu corpo, e lá estou num barco querendo alcançar alguma costa quando temo que venha a noite totalmente escura e me vejo sem saída, invadido por um medo comparável ao dos que navegavam esperando a qualquer momento despencar no abismo do mundo, quando começa uma chuva fina que logo se transforma em tormenta, e eu, que me vejo desde o alto sofrendo tanto assim, trato de secar completamente meus olhos e refazer-me de tudo a que assisti, até que possa de novo suportar outras revelações belas e violentas das águas.

2

Corria o ano de 1641. Os holandeses, que havia onze anos desembarcaram na praia de Pau-Amarelo e tomaram dos moradores portugueses a capital da província de Pernambuco, Olinda, para em pouco tempo se estabelecerem no Recife, trabalham com método e disciplina na grande empresa de estabelecer uma Nova Holanda em ultramar: um novo burgo surge com o nome de Maurits-Stadt. São construídos diques, canais de navegação e de drenagem, e com os aterros ampliam-se os espaços edificáveis.

O príncipe Johan Maurits van Nassau-Siegen, designado governador-geral desses domínios, vem comandando um processo civilizatório ambicioso no Novo Mundo e para tanto está acompanhado de um grupo de colaboradores (no primeiro plano, encontram-se: Pieter Post, arquiteto; Willem Piso, médico; Albert Eckhout e Frans Post, pintores; Georg Markgraf, astrônomo; Cornelis Golijath e Johannes Vingboons, cartógrafos), homens de douta formação em artes e ciências.

Para adentrar o coração urbano por onde circularão os sonhos e as realidades da história que nos aprestamos a narrar, uma breve descrição faz-se necessária e tanto mais interessante se, tendo-vos a nosso lado, abordarmos um navio imaginário situado fora do ancoradouro, a uma distância que nos permita apreciar um amplo panorama. Estamos no castelo da proa, apoiados na lateral do navio, nosso olhar dirigido ao porto do Recife que está à nossa frente; aí vemos — no centro mesmo do casario — a ermida do Corpo Santo e, vizinho a esta, o casarão de três pisos do Registro de Tripulações. À nossa direita, isto é, ao norte, cerca de uma légua, avistamos a senhorial vila de Olinda, edificada pelos portugueses numa colina cujas encostas descem com densa vegetação até as praias de coqueiros, longas faixas de areia branca até onde os olhos podem alcançar. Do pé da encosta sudeste da colina, não muito acima do nível do mar, desprende-se uma estreita porção de terra que se projeta como uma lingüeta de uma largura média de 200 passos, vindo a cruzar o eixo de observação em que nos encontramos. Nessa lingüeta de terra, ou istmo de Olinda, mais propriamente no seu último trecho — diante de nós — está o porto, protegido, como anteriormente relatamos, pelos arrecifes (ou recifes) do ancoradouro, os que se estendem para o sul — nosso olhar agora se dirige para a esquerda de onde estamos — num longo *continuum* interrompido apenas por uma exígua passagem denominada barreta dos Afogados (por referência ao rio do mesmo nome, que corre do outro lado da faixa de pedras). Diversos redutos e fortalezas, em localizações estratégicas, integram a urbe. Um modelo parcial de cidadela foi aplicado em Maurits-Stadt, o nascente burgo dos holandeses na ilha que está por trás do porto do Recife, a ilha de Antônio Vaz, assim denominada por evocação do nome daquele morador outrora seu proprietário. Divisamos ali um reduto quadrangular, o Forte Ernestus, que abriga no seu interior um convento de franciscanos, o Convento de Santo Antônio do Recife, de escritura lavrada em 1606 e construção terminada em 1613, e a casa do príncipe; estes os prédios que se destacam neste 1641 (uma nova hierarquia edilícia não tardará a surgir: no grande terreno que vemos na extremidade norte da ilha, separado da fortaleza do convento por um canal, no futuro próximo, será edificado o palácio de Vrijburg no centro de um jardim botânico; tais projetos já estavam sendo ultimados). No lado oeste da ilha, um baluarte, com fosso e paliçadas, fecha a cidade nesse setor; o entricheiramento se desenvolve em alinhamento quebrado, ligando o já mencionado Forte Ernestus com outro reduto mais ao sul, de nome Forte Fredrick-Hendrick ou das Cinco Pontas, e entre esses dois redutos, os três bastiões de vigilância que vemos. Nosso olhar, que dirigido está a essa porção meridional de Maurits-Stadt, depara-se, um pouco mais adiante do Forte das Cinco Pontas, com o longo dique dos Afogados (devo também mencionar que na extremidade sul desse dique está o Forte Príncipe Willem, constância feita mister de certa dificuldade deste ser visto a olho nu de onde nos encontramos). Voltando ao nosso eixo de observação perpendicular ao poente, vemos um pouco à direita e por trás do porto, na confluência dos rios Capibaribe e Beberibe, o Forte Waerdenburg, situado numa ilha de areia sujeita às inundações da maré alta. Por último (não sendo, porém, o último, pois que existem outros quatro redutos menores), ironicamente o mais próximo do nosso navio imaginário!, o Forte de Bruyn, situado à entrada do porto, esta, por sua vez, assinalada por uma cruz de pedra erigida sobre um pedestal em alvenaria — essa que vemos já fora dos limites do reduto, à sua direita — que de há muito serve para orientação das naus que aqui chegam. Terrenos pantanosos, mangue, ilhas, delta de rios... eis o fácies natural do Recife que os flamengos metódica e obstinadamente começam a modelar.

3

Estava frente à casa do príncipe, em Maurits-Stadt. No alto, uma curiosa torre emerge do centro de uma construção hexagonal, e esta, por sua vez, está rodeada por um terraço ao ar livre, construído sobre o telhado. Não tinha dúvidas: era o observatório do astrônomo Georg Markgraf. Adriaen apresentou-se aos guardas do portão, sendo em seguida acompanhado até a escada que conduz ao primeiro andar da casa, devendo daí subir ainda por uma outra que vai dar no terraço. Lá chegando, dirigiu-se a um sextante e deteve-se ao lado do instrumento, esperando Markgraf, a fim de dar-lhe a surpresa. Aguardou pacientemente sem sucesso por uns minutos e encaminhou-se até uma porta. Golpeou-a com a aldraba.

"Pode subir, Willem!!!"

Escutou o grito, voltou ao terraço e olhou para cima, justo quando Markgraf aparecia à janela.

"Adriaen!!!", gritou novamente Markgraf ao reconhecer o amigo e logo sumir de vista para em nada mais que instantes reaparecer já no terraço, dando-lhe um efusivo abraço. "Ora vejam se não é o dileto filho de Rotterdam honrando-nos com sua presença..."

"Sinto-me feliz em ver-te, Markgraf... e saber que estás tendo as condições que tanto almejavas para realizar teu trabalho... aqui estou, no observatório construído tal e qual tu o imaginaras... Vejo que estás sendo bem tratado..."

"Estamos bem servidos e em retribuição procuramos prestar nossos melhores serviços aos patronos da Compagnie e, de maneira especial, ao príncipe, meu caro Adriaen... e já que te referiste ao observatório, devo confessar-te que a sala do quadrante poderia ter sido um pouco mais ampla; nunca pensei que causar-me-ia tanto desconforto... malditas dores de coluna!"

Markgraf seguiu explicando que havia precisado reduzir as dimensões que inicialmente pensara para o observatório e que, por tal motivo, para fazer uso do quadrante que mal cabia na sala, via-se obrigado a praticar as artes do contorcionismo.

"... Ao melhor estilo dos saltimbancos das ruas de Paris!", arrematou brincalhão.

Riram-se muito, recordaram os tempos de camaradagem em Leiden, o estudante de astronomia caolho a quem puseram a alcunha de 'pirata cósmico'; os interessantes mapas que Markgraf subtraíra dos arquivos das universidades de Rostock, de Stettin e das demais que visitara nas suas andanças de jovem estudante; e outras tantas histórias. Dado momento, Adriaen contou-lhe do falecimento de Martinus Hortensius à idade de 34 anos, "nefasto atalho é a tísica...", ocorrido em agosto de 1639, e entregou-lhe uma carta e um livro, cumprindo dessa forma incumbência feita pelo seu mestre já no leito de morte.

"'Discurso Sobre Duas Novas Ciências'... Galileo Galilei", leu em voz alta Markgraf, examinando o frontispício. "Martinus sempre se mostrou indignado com as humilhações infligidas a esse homem..." (Markgraf, cinco anos mais jovem que Martinus, o conhecia bem; haviam sido vizinhos durante a adolescência, e tempos depois tinham voltado a encontrar-se quando o primeiro regressava de seu périplo por universidades germânicas, para cumprir uma etapa final de aperfeiçoamento em astronomia na Universidade de Leiden).

"É sua obra mais recente e não foi submetida ao *Imprimatur* da Igreja Católica; os manuscritos foram sigilosamente enviados a Leiden para serem publicados pela Casa Blaeu; tudo bem planejado...", disse Adriaen. "A propósito, acredito até que Martinus Hortensius, sendo amigo e admirador do autor, com quem inclusive mantinha regular correspondência, de alguma maneira participou dessa operação secreta..."

Era uma hipótese cabível. Ao menos no que se referia à amistosa troca de cartas; em várias oportunidades o mestre Martinus o havia encarregado da correspondência com Galileo. Uma delas, talvez a mais marcante, dera-se ao cabo das negociações sobre uns estudos realizados pelo italiano para determinação da longitude no mar pelo método de observação dos satélites de Júpiter. Ditos estudos, já anteriormente rechaçados por Espanha, também obtiveram um parecer negativo por parte da comissão negociadora holandesa, da qual Martinus era membro, e coubera a Adriaen a ingrata tarefa de comunicar a Galileo o veto dado à sua contratação, o que lhe custou penosas horas buscando as expressões mais delicadas e respeitosas para a composição da carta, com o intuito de amenizar seu conteúdo desapontador.

Para o final da conversa, entraram no terreno das indagações mais subjetivas, das primeiras impressões da chegada, dos projetos pessoais, de como o mundo havia crescido...

O mundo havia crescido. O Velho Mundo voltava-se com muitos olhos para estas novas terras que haviam estendido as fronteiras conhecidas do planeta: olhos de cobiça, buscando vantagens comerciais e grandes lucros; olhos ávidos de uma luz de esperança — estaria no Novo Mundo a vida nova? — para onde dirigir-se, escapando das trevas de inúmeras e cruentas guerras européias, que já duravam vinte e três anos; olhos de Adão e de Eva a contemplar maravilhados o paraíso recuperado; olhos de católicos e de reformados protestantes, visualizando esse novo paraíso às suas imagens e semelhanças... Amém?

Hoje reencontrei Georg Markgraf, astrônomo principalmente, mas também botânico e zoólogo (para mim um grande e incorrigível louco!). Continua o mesmo: jovial, inspira confiança sobre o que opina e, quando discorda, o faz com elegância. Quando manifestei meu desejo de prestar-lhe alguma colaboração nos dois dias que terei livres por semana, assentiu.

Outro contato com o cartógrafo Cornelis Golijath, encontro formal para inteirar-me das minhas funções nas obras que estão realizando no dique de Afogados, ao sul de Maurits-Stadt. Golijath também me traz a boa notícia de ter-me conseguido uma casa, situada a uns 100 passos da casa do príncipe, na mesma direção do dique, quer dizer, não posso queixar-me. Amanhã deixarei o Netuno.

Finalmente, quero deixar constância de que, aos meus 29 anos, decido adotar um novo sobrenome: van der Zee. Que a graça de Nosso Senhor Jesus Cristo me acompanhe.

Ele poderia ter adotado virtualmente qualquer sobrenome. Se me permitem uma pequena nota ensaística, sigo adiante contando-lhes que os flamengos costumavam, em muitos casos, adotar como sobrenome, para os filhos varões, o nome do pai seguido por um sufixo: -se, -sen, -szen ou szoon. Mais tarde, aos rapazes ou aos já homens-feitos, abria-se um leque de opções onomásticas para sua livre escolha: havia os que queriam ser conhecidos como originários de determinado lugar, outros o eram por uma característica pessoal, ou pelo ofício que exerciam, existindo ainda os que recorriam à livre inventiva ou à imaginação poética quando migravam a outras paragens.

Nesta última tradição inscrevia-se nosso Adriaen que, abandonando o patronímico Antoniszen, sobrenome que recebera por ser filho de Antonis, adotava o sobrenome van der Zee [do Mar], certamente inspirado por sua venturosa viagem pelo mar Oceano.

4

Johan Maurits, governador de Nova Holanda, nascido nas terras germânicas de Dillenburg, Nassau-Siegen, no ano de 1604, com a morte de seu irmão, Johan Ernestus, ocorrida no Recife em 1638, passara a ser o príncipe herdeiro da Casa de Orange, dinastia que controlava todas as províncias de Holanda. Os feitos históricos, justificadamente atribuídos a um prócer de sua família, o faziam digno de todo crédito perante os holandeses: seu tio, Willem I, o Taciturno, também de origem germânica e grande proprietário de terras nas regiões dos batavos, fora o iniciador da dinastia de Orange nas Províncias Unidas de Holanda, depois que resultara vitorioso ao comandar, em 1578, uma revolta de cidadãos protestantes contra um domínio espanhol caracterizado por práticas de torturas e genocídios ordenados pelo duque de Alba, representante do rei católico Felipe II naquelas regiões.

Em 1641, o príncipe Johan Maurits, fazendo eco do caráter familiar cujo móbil maior era o da afirmação soberana e altiva da Casa de Orange, começava a dar sinais de um crescente desejo de fincar raízes nestas terras de Pernambuco; seus atos pareciam mesmo apontar nessa direção.

Possuidor de um encanto pessoal que o favorecia sobremaneira nos âmbitos social e político, não passaria muito tempo da sua chegada ao Recife, aos vinte e três dias de janeiro do ano de 1637, para que o príncipe conseguisse um pacto de convivência e tolerância entre holandeses e portugueses na província de Pernambuco. O ano de 1641, no entanto, introduziria um novo tempero a essas relações: a restauração da monarquia em Portugal, em dezembro do ano anterior, marcando o fim da hegemonia espanhola sobre os lusitanos, acenava com um previsível refortalecimento de motivos e brios patrióticos destes últimos nos domínios recuperados. No caso do Brasil, se bem que ocorreram conflitos intermitentes com os súditos portugueses, sobretudo nas primeiras épocas da WIC em Pernambuco, pouco a pouco estes foram-se moderando, em parte devido às acomodações políticas internas combinadas com o argumento das armas das bem equipadas tropas holandesas, outrossim pelos efeitos indiretos de um destilado rancor: Portugal, conhecendo a rivalidade entre Holanda e Espanha, assimilaria a presença dos flamengos em terras de Pernambuco, em calculada atitude de represália surda ao opressor espanhol, a quem o povo luso vinha aturando, indignado, desde 1580.

O comunicado oficial da aclamação de D. João IV como rei de Portugal chega aos cinco meses do fato ocorrido, em carta enviada pelo vice-rei do Estado do Brasil, D. Jorge Mascarenhas, dito marquês de Montalvão. Cumprindo um ministério diplomático no que se servia de termos corretos e respeitáveis, porém fazendo-o sem perder de vista as circunstâncias de um estado de guerra ainda vigente, a missiva do marquês merecera uma leitura atenta da parte do príncipe Johan Maurits, causando-lhe a sensação de que doravante teria de redobrar esforços, usar suas melhores qualidades de estratego para evitar o retorno das hostilidades.

Sua primeira medida será a de patrocinar grandes festejos em Maurits-Stadt, uma celebração com suficientes virtudes para projetar-se como mostra insofismável de seu — segundo ele — desinteressado empenho por uma fraternal e duradoura amizade entre holandeses, portugueses e brasileiros.

Nesses dias de maio, Adriaen acompanhava Golijath numa visita ao príncipe. Este terminava de receber João Fernandes Vieira, rico senhor de engenho da província, português por certo, com quem mantinha uma relação sustentada por mútuos interesses comerciais e políticos.

"Golijath, acabo de manifestar ao prezado amigo João Fernandes Vieira meu regozijo pela ascensão do duque de Bragança, Sua Majestade D. João IV, ao trono de Portugal... um Portugal livre da opressão de Espanha", anunciou em tom de júbilo o príncipe.

"Igualmente me alegra a novidade, Alteza", disse Golijath, dirigindo também uma saudação ao ilustre visitante.

"Com tão feliz notícia, faço-o saber que meu Governo providenciará que se organize uma grande festa aberta a toda essa pujante população de Pernambuco."

Logo depois das formais despedidas ao senhor de engenho, o príncipe pediu aos dois cartógrafos que o aguardassem no seu gabinete de despachos. Minutos depois, regressou...

"Bem, vamos aos ofícios... vejo que estás acompanhado pelo novo cartógrafo..."

"Sim, Zacharias Wagener comunicou-me que para hoje estava marcada a audiência com Sua Alteza... chama-se Adriaen van der Zee. Está atualmente a cargo de revisar e ajustar nossos instrumentos de observação e medição que, em boa hora, já necessitam de um minucioso trato... uma vez concluídas essas tarefas, incorporá-lo-emos às obras do grande dique."

"Encantado, jovem van der Zee... Bem-vindo ao Recife e a esta Maurits-Stadt que estamos a construir com tanto entusiasmo."

"O prazer é todo meu, Alteza..."

"Golijath já deve ter-te informado da situação que vivemos aqui na província, presumo. Desejo unir o útil ao agradável: penso que devo equilibrar os antipáticos porém necessários cuidados militares da ocupação, com uma política de alto conteúdo cultural e científico... creio que vamos por bom caminho... estamos vendo nascer uma Nova Holanda!"

Ao sair da casa do príncipe, Adriaen tomou um bote para cruzar o rio, rumo ao porto. Era lá onde encontraria o tradutor judeu indicado por Golijath, pessoa que poderia eventualmente prestar-lhe serviços nos assuntos em que lhe fosse exigido um maior trato com a língua portuguesa: consultas a documentos nesse idioma; contatos com súditos lusos; incursões província adentro etc. Do outro lado do rio, quando se aprestava a desembarcar, inadvertidamente afundou um pé na lama, perdendo o equilíbrio e por pouco escapando de um banho de corpo inteiro não fosse o barqueiro, agindo com atenção e providência, sujeitá-lo pelo braço. Salvo da queda constrangedora, notou que um caranguejo prendera-se em sua meia... possuía uma das patas dianteiras notavelmente maior que a outra, o caranguejo, o que causara graça ao cartógrafo, que decidiu levá-lo consigo, no que foi entendido pelo barqueiro, que prontamente amarrou-lhe o crustáceo, ensinando-lhe ainda como manipulá-lo.

O cartógrafo e sua mascote, o caranguejinho do mangue, seguiram então pela rua da Balsa — um, caminhando, na direção leste; o outro, balançando pendido da corda, em direções aleatórias — até que mais adiante entraram na rua dos Judeus, onde a bizarra dupla seria alvo de burlescas saudações lançadas pelos fregueses das bodegas, tabernas, armarinhos e boticas nessa vizinhança.

Depois de haver-se visto com o tradutor, um rabino português de olhos miúdos e voz grave que habitava um quarto nos fundos da sinagoga Zur Israel, Adriaen resolveu desfrutar do fim de tarde no cais do porto, à sua frente o mar e o longo arrecife de pedras. Pôs no chão o caranguejo, segurando a corda num pedaço de ferro, a mochila sobre o canhão, retirou o diário e anotou:

O incidente no rio me fez recordar uma narrativa mitológica: Hércules, em pleno combate contra a Hidra, é atacado no pé por um caranguejo enviado pela deusa Hera... Apesar de vencido, pisado pelo herói, o caranguejo encontra paradoxalmente na desgraça sua fortuna: impressionada pela atitude combativa da pequena criatura, Hera rende-lhe uma homenagem, criando no cosmos celestial a constelação de Câncer, o caranguejo.

Antes de fechar o diário, revisou o que escrevera sobre o sonho da primeira noite no Recife. Da descrição onírica extraiu as palavras:

Olhos; Terra; Água; Refúgio; Ar;

... e a frase que era um resumo do sonho:

(...) *revelações belas e violentas das águas.*

Encontrara um ponto de partida, pensava ele; poderiam ser estes os primeiros passos para a interpretação daquele sonho, e seguiria nessa exegese, quem sabe por quanto tempo mais, não fosse que o sol no ocaso lhe aconselhasse um imediato regresso a casa — não seria prudente cruzar o Capibaribe na preamar, sob o véu da noite...

5

Noite quente; janelas abertas; e o inevitável: mosquitos. Usa incenso na tentativa de afugentá-los e neutralizar o mau cheiro que provém do rio em frente. Na escrivaninha, além do castiçal de bronze com uma vela nos seus últimos suspiros de luz, um frasco de vidro, similar aos usados pelos boticários para conservar os extratos de ervas, serve de morada ao caranguejinho do mangue. O crustáceo está imóvel... Pouco antes o notara inquieto, arranhando o vidro, buscando uma saída... Para provocá-lo, coloca um pequeno espelho à sua frente; o caranguejo, ao ver sua própria imagem refletida, começa a mover a pata menor em direção ao grande tenaz, e nessa reação instintiva contra o ilusório agressor, seus movimentos lembram os de um violinista a tanger com o arco as cordas de seu instrumento. Foi quando Adriaen compôs o seguinte poemeto:

Não sabe o príncipe desta Maurits-Stadt
que um súdito da Natureza,
um plebeu caranguejo da lama,
o emula em sua habilidade e alteza,
ao atuar com graça, arte e leveza,
quando um estado de guerra o chama.
No cosmos particular
que me apraz criar com minha pena errante,
o caranguejo e o príncipe se encontram,
um encontro assaz invulgar,
um tanto intrigante.

Eram quatro e meia da manhã quando Adriaen despertou com alguém tocando à sua porta. Era Zacharias Wagener. Lamentando-se por importuná-lo àquelas horas, o contramestre e capitão da guarda do príncipe chega com a notícia de que havia despencado o telhado da casa de Georg Markgraf, com alguma sorte afinal — apressara-se em explicar — porque o astrônomo ainda estava desperto quando tudo aconteceu, tendo escapado do pior, sofrendo não mais que ferimentos leves e o deslocamento do ombro direito. Nem precisou que lhe dissessem que havia sido escolhido para compartir morada com a vítima; ato seguido, quatro soldados e o doutor Willem Piso ingressam na casa com o ferido, e Adriaen indica que o deitem em sua cama. O astrônomo, mesmo tonto como estava, ainda assim encontrou forças para dizer que sentia-se bem, pois, depois de tudo, continuava vendo estrelas e não eram poucas... Ninguém duvidou.

6

"Chamem Zacharias!!!", ordenou o príncipe, sem tirar a vista de um mapa que examinava sobre a mesa.

"Alteza, temo que o capitão não poderá vir agora...", disse um soldado que montava guarda à entrada da biblioteca. "Está atendendo uma emergência de desabamento..."

"Desabamento?... Com vítimas?"

"Foi na casa do astrônomo, senhor... ele e mais duas pessoas, é tudo que sei no momento..."

“Todos estão fora de perigo, príncipe...”, disse Johan Nieuhof no que acabava de entrar. “Georg Markgraf foi levado à casa do recém-chegado cartógrafo, aos cuidados de Willem Piso, e os que o acompanhavam quando ocorreu o infortúnio foram atendidos na enfermaria do Forte Ernestus.”

“Nieuhof... vem ver isto!...”, disse o príncipe, rapidamente refeito do susto e mais interessado no que tinha em mãos do que nos detalhes do acidente.

“Um portulano...”

“O estranho é que este mapa não estava aqui, disto tenho absoluta certeza, pois do contrário há muito estaria ocupando um lugar de destaque...”

“Tens razão, Johan... dificilmente passaria despercebido... é realmente notável!”, disse Nieuhof, que em seguida pôs-se a ler em voz alta o que conseguia traduzir das notas escritas em turco, pelejando pacientemente com a intrincada caligrafia do texto manuscrito na carta geográfica. “Vejamos, aqui diz: ‘... um livro veio cair nas mãos de Colombo e nele estava escrito que nos limites do mar de Ocidente existem costas e ilhas e grandes quantidades de metais e pedras preciosas’... Alteza, fazes idéia do que isto significa?”

“Que alguém antes de Colombo já havia empreendido a grande aventura para além-mar... e que o genovês, de posse do tal livro que presumo devia ser o diário desse anterior navegante, contava com algo mais em que confiar que tão-só em um suposto sexto sentido...”

“Exatamente, Johan... arguta conclusão! Sigamos, quero ver... se acho o nome do autor deste portulano... aqui está: ‘Este mapa foi composto por Piri Ibn Haji Mehmed, conhecido como sobrinho de Kemal Reis, em Gallipoli, no mês de muharrem do ano de 919...' Refere-se ao ano 919 do calendário muçulmano... vejamos um cálculo aproximado... seria entre 1510 e 1515 do nosso calendário, príncipe..."

"Quem seria o autor do livro utilizado por Colombo? Existirá no manuscrito alguma referência a esse respeito?"

"Difícil afirmá-lo neste momento, Alteza... devo dedicar mais tempo a esse texto. Permita-me levá-lo a meu gabinete para traduzi-lo... O turco não está entre os idiomas que domino, mas, até onde pude apreciar, trata-se de um fascinante documento que bem merece o melhor esforço para compreendê-lo..."

"Um portulano muito interessante... Leva-o e avisa-me quando o tenhas traduzido... bem, agora espero que o capitão Zacharias possa dizer-me como foi que este mapa veio parar aqui..."

A conversa toma outro rumo. Johan Nieuhof, escritor chegado ao Recife havia cerca de um ano, movido por particular interesse em registrar o processo da ocupação holandesa nestas terras do Brasil, viera ao encontro de Sua Alteza para informá-lo que duas naus repletas de negros, procedentes da Costa do Ouro, África, haviam deitado âncoras no porto. Era uma boa notícia; a carência de mão-de-obra para a lavoura e a moenda da cana-de-açúcar crescera nos últimos meses porque cada vez mais negros estavam se embrenhando mato a dentro, fugindo da escravidão para a vida livre, junto a seus iguais, numa comunidade agrícola ao sul da província, chamada Quilombo dos Palmares. Nieuhof, demonstrando bom senso e compreensão da conjuntura que se vivia na província, convencera o príncipe de que não seria oportuno aplicar incrementos nas cotações de abertura dos leilões de escravos negros no mercado. Tal medida, se tomada, só serviria para fomentar a desconfiança, que já grassava no seio da aristocracia luso-brasileira do açúcar, de que os holandeses não realizavam missões militares de ataque ao quilombo por motivos, segundo uma queixa ouvida de algum dos senhores de engenho, tão óbvios quanto cínicos.

7

Um convalescente Georg Markgraf, com ordens médicas para guardar repouso, encontrava mais tempo para a leitura. De fato, ultimamente vinha trabalhando incansavelmente e em diversos projetos: com o doutor Willem Piso realizava um estudo pormenorizado da flora e da fauna locais, além da catalogação das doenças destes trópicos e das plantas e ervas usadas pelos curandeiros indígenas; organizava um novo sistema de arquivamento de mapas, alguns tão velhos e deteriorados que lhe ocorrera a idéia de restaurá-los e conservá-los mediante a aplicação de uma resina extraída de umas árvores que conhecera numa de sua excursões de pesquisa com Piso; incumbido estava também de elaborar uma carta geográfica de uma longa extensão da costa (os trabalhos de levantamento, iniciados aos 5°35' latitude sul da Equinocial, encontram-se interrompidos no momento aos 7°15', e serão retomados até sua conclusão por volta dos 10°); e, como se fora pouco, não descuidava de sua devoção ao perscrutar interminável do cosmos, atividade a que se dedicava com tamanha paixão e uma meticulosidade tal, que muitas vezes chegava a jurar que via algo novo onde outros só conseguiam enxergar o mesmo céu de anteontem.

Dizíamos das leituras de Markgraf: os livros, manuscritos e mapas estavam por todos os cantos da pequena casa; estavam dispersos, porém era possível entrever nessa dispersão um percurso. Era um hábito, quase uma religião do astrônomo, percorrer os caminhos traçados pelos mensageiros das artes e das ciências, acreditando que as obras destes renascem em outras obras, e no final, que ninguém sabe quando, todas terão sido contribuintes de uma obra maior, onisciente, o amálgama de testemunhos da existência humana nos tempos. Não que se presumisse eleito para compor essa obra maior, nem ele nem ninguém poderia atribuir-se essa tarefa impossível, mas por gosto pessoal de relacionar as mensagens de uns e outros autores, descobrir suas trajetórias no espaço das idéias, observar suas revoluções e seus efeitos.

Abria as últimas caixas trazidas de sua anterior casa. Deixar à vista o conteúdo das mesmas era algo planejado para conduzir seu amigo Adriaen por certo itinerário: "... começarei pela carta enviada por Martinus e daí para as obras de Rabelais, os poemas metafísicos e mundanos de John Donne, os tratados filosóficos de Roger Bacon, e os Vedas sagrados dos hindus, a *Qabbalah*...". Havia, ou, quando menos, parecia haver, um sentido claro e definido nessa atitude de Markgraf. Seu novo projeto dependeria de que encontrasse em Adriaen um confidente, quiçá um cronista, com dotes de um iniciado em altas disciplinas, e uma mesma habilidade singularíssima sua de viajar sem o corpo... mover-se a outros lugares num estado de antimatéria!... (já o havia mencionado na carta, que muito atrás conhecemos, como recurso de viagem oferecido ao amigo; na verdade, estava exagerando — oferecendo algo que só podia praticar consigo mesmo —, mas que diferença fazia? O detalhe ajudaria a que o assunto fosse tomado como confissão sincera?).

8

Voltamos a encontrar Adriaen no momento em que embarcava na chalupa que vai para Afogados, levando os apetrechos ópticos que terminara recentemente de limpar e ajustar. Entre os passageiros estava o barqueiro que o conduzira naquela tarde do incidente com o caranguejo.

"Bom-dia, capitão... lembra-se de mim?", disse o barqueiro.

"Lembro sim... bom-dia, *heere*..."

"Luís dos Santos, ou só Santos, como sou mais conhecido... Vossa mercê viaja sempre para esses lados dos Afogados?"

"Esta é a primeira vez."

"Pois muito bem... é um bonito barco este, mas só pode subir por este rio na maré alta, capitão..."

"Não sou capitão, amigo, sou cartógrafo civil; meu nome é Adriaen van der Zee."

"Muito prazer... é para a fortaleza dos holandeses que vossa mercê está indo, não é?... pois mais tarde conversaremos..." Dito isto, Santos afastou-se. Adriaen não estava mesmo para muita conversa, ocupado em observar e anotar detalhes da paisagem que não estavam precisos em anteriores mapas elaborados para fins militares, datados do início da ocupação, quando os objetivos primários e vitais eram o controle do porto e da ilha de Antônio Vaz.

Instantes depois, do barco já era possível distinguir uma fortificação e uma ponte de madeira, e o cartógrafo van der Zee terminava o croqui do sítio, quando um sobressalto o interrompeu... O anúncio de um marujo da tripulação deu conta de que a chalupa havia tocado um banco de areia. Superado o encalhe (afortunadamente não houvera danos à embarcação), mediante o uso de paus compridos e de manobras de leva-e-trás com a vela, o barco seguiu seu rumo até deitar âncora no limite seguro do canal, faixa navegável escavada nessa estreita e rasa desembocadura do rio dos Afogados, tendo o desembarque de ser realizado com o auxílio dos barqueiros da zona, sempre expectantes desses incidentes ali bastante comuns. Já em terra, Adriaen avistou Cornelis Golijath, que o esperava diante dos portões do Forte Príncipe Willem, reduto levantado para defesa das obras do dique e controle da passagem fluvial à planície da Várzea, região de muitos engenhos de açúcar. Durante o resto da manhã, os dois cartógrafos visitaram as instalações do forte e suas imediações, Golijath indicando as profundidades médias do rio em diversos trechos; os nomes dos engenhos que utilizam essa passagem para escoamento dos fardos de açúcar; os barqueiros e guias que prestam serviços aos holandeses etc.

Por volta das duas da tarde, Adriaen lia um relatório dos engenheiros da WIC, *Sobre as erosões causadas pelas marés fluvomarinhas nas ribeiras dos Afogados*, quando apareceu o barqueiro Santos...

"Aqui estou, *heere* van der Zee... prometido e cumprido!"

"Boa-tarde..."

"No desembarque da chalupa, pude ver que o senhor foi recebido pelo capitão Golias... já o guiei muitas vezes nesses alagados... gostaria de oferecer meus serviços a vossa mercê também... conheço toda a região!"

"Agradeço tua presteza, Santos... provavelmente necessitarei de teus serviços..."

"É bom saber que poderei servi-lo, *heere* van der Zee... posso ler qualquer mapa, entendo de graus, minutos e segundos!", disse Santos, soltando uma risada orgulhosa.

"Sabes interpretar mapas? Tanto melhor..."

"Fui aprendendo com o tempo... e, como vossa mercê já notou, também tenho algum conhecimento de seu idioma... sai meio misturado com o meu, mas facilita muita coisa, pelo menos é o que dizem... o capitão Golias... Vingboons... Markgraf... o capitão Zacharias Wagener... conheço todos!"

Nos seis anos de serviços prestados a oficiais e técnicos trazidos pela WIC, Santos terminara por aprender o suficiente para comunicar-se naquela que para ele era "a complicada língua dos brancões protestantes"; cedo percebera que às novas autoridades interessar-lhes-ia, e cada vez mais, evitar as intermediações dos tradutores — por precaução; quanto menos estranhos, melhor... — e que seus esforços no aprendizado da língua dos flamengos seriam recompensados: confiança, trânsito livre e melhor paga.

9

Markgraf falou-me da carta que lhe escrevera Martinus Hortensius. Durante a conversa, notei que suas palavras e *expressões provinham da linguagem simbólica dos alquimistas. Revelou-me ser um iniciado nas artes herméticas.*

Perguntou-me se conhecia essa faceta de Martinus; respondi que em várias ocasiões escutara do mestre francos elogios sobre os métodos e processos daqueles filósofos... Então fora esse o motivo das ausências do mestre Martinus por dois, às vezes três dias!?

Uma comparação inevitável e confesso que causadora de certa suspicácia: ao longo de dois anos como assistente de Martinus Hortensius, não mais que uns parcos comentários sobre o tema; enquanto que, com Markgraf, alternativa não tive que ser todo ouvidos para suas longas citações de receitas, fórmulas e outros que tais... Terminei aturdido...

10

O encontro que transcorrerá mais adiante se passa poucos dias depois de um outro em que Zacharias Wagener, indagado pelo príncipe Johan Maurits sobre o aparecimento do portulano turco em sua biblioteca, dissera não saber ao certo, mas seria muito provável que o mapa tivesse sido ali deixado por um dos cartógrafos...

Por motivo de averiguações sobre esse misterioso aparecimento do mapa, Adriaen é chamado a se apresentar ante Johann Nieuhof, que o recebe na biblioteca do príncipe. Ao saber das razões pelas quais o chamaram, afirmou desconhecer qualquer informação útil para o esclarecimento do caso (teve a intuição repentina de que tivesse sido Markgraf quem deixara o portulano na biblioteca, desta vez — muito estranho se intencional tivesse sido — agindo em sentido diametralmente oposto ao seu costume de subtrair mapas, mas guardou-a para si); Nieuhof, no entanto, entusiasmado com o que já conseguira traduzir do manuscrito turco daquele portulano, não o deixaria ir-se antes que pudesse obter do cartógrafo seu critério de ofício...

"Tenho aqui algo que gostaria que escutasses: 'Este mar é denominado mar de Ocidente, porém os franceses o chamam por *mare d'Espagna*... Foi conhecido por esses nomes até que Colombo, ao explorá-lo e tornar conhecidas suas ilhas, de comum acordo com os portugueses que também exploraram essas regiões, resolveu chamá-lo por um novo nome... Denominaram-no *Ovo Sano*...', e aqui permita-me um deleite poético, Adriaen... pois encontro que a expressão *Ovo Sano,* que provém do latim e chega até nós transformada no vocábulo *Oceanus*, em sua origem significa Ousadia Louvável ou Sã Ousadia... o sublime atrevimento que possibilitou a descoberta do Novo Mundo!... O triunfo sobre a morte, o milagre da vida, o ovo... o ovo de Colombo: a idéia lançada com admirável presença de espírito um certo dia aos reis de Castela..."

"A vitória sobre o pensamento estático e cristalizado, *heere* Nieuhof..."

"Agora, deixando de lado minhas diversões poéticas e etimológicas, gostaria de ouvir uma opinião tua, Adriaen... À luz das ciências cartográficas, que encontramos neste mapa?"

"À primeira vista, não poderei dizer muito dos acertos ou dos erros, no entanto posso afirmar que é de bela extração artística e dá a impressão de que, ao ter desenhado esses navios próximos das costas, embarcações de factura diversa, provavelmente o autor tivera a intenção de expressar simbolicamente que a descrição cartográfica provém de diversas explorações sistemáticas... talvez signifique que é um resumo de várias e remotas cartas..."

"O manuscrito turco confirma tua aguda observação... Trata-se de uma sensível compilação de portulanos antigos cujo desaparecimento teria sido deveras lamentável... o autor conseguiu evitar esta perda", concluiu Nieuhof, destacando o que afinal de contas era o maior mérito daquele documento: um interessante resumo de mapas e crônicas ancestrais, algo que lhe causava uma emoção especial.

Depois de haver-se retirado Adriaen, Nieuhof permaneceria meditativo sobre o valioso legado da memória, quando uma frase, antes dita num contexto de referência ao navegante Colombo, ilumina-lhe o rosto: "O triunfo sobre a morte..."

11

Aconteceu quando das festividades realizadas por ordem do príncipe para celebrar a restauração do trono português: para Adriaen van der Zee dois olhos brilharam, e com mais intensidade que os fogos de artifício que deram realce às noites de Maurits-Stadt, ao todo três alegres noites de folguedos e bailes à luz da lua. Guardou consigo esses olhos e logo veio a saber que os mesmos pertenciam a Constance O'Connor, filha do proprietário da taberna Virgin, um velho irlandês que fora grumete do corsário inglês James Lancaster, por ocasião do assalto ao porto do Recife, em 1595.

Desse fugaz episódio de olhos nos olhos, saíram centelhas de um enamoramento em curso...

"... Era lua cheia, meu caro Adriaen! *Fiat Lux*: num mágico instante o universo nasceu!", disse Markgraf.

"... Se é certo que a lua cheia exerce efeitos poderosos sobre as criaturas, não será igualmente certo que passadas essas circunstâncias, desperdiçados esses momentos, venha o desencantamento? E quando amanhã estiver minguante, encontrarei aquele mesmo olhar?", retrucou Adriaen.

"Para os amantes, nunca lhes importa a lua de amanhã... basta que os influxos do plenilúnio de uma única noite sejam canalizados aos rios de águas límpidas da paixão declarada..."

Mas Adriaen ainda não estava suficientemente confiante... Deixaria que passasse algum tempo, como querendo comprovar a força dos tais influxos que Markgraf acabara de mencionar; se essa sensação tênue assumisse proporções de assombro, ele buscaria o rumo. ... E se tormentas viessem, estando ele já em pleno mar de ilusões?

Nesse afã por interpretar o mapa de sua própria alma, onde já coabitavam um sonho que se convertia em obsessão; um olhar que se convertia em paixão; e outra sorte de eventos que lhe causavam certa estranheza ao vê-los escritos, porque compulsivamente escritos, no seu diário, Adriaen continuou:

"Tenho outra inquietude... desta vez acerca de umas notas escritas sobre um sonho, o primeiro que tive no Recife...". Procurou o relato escrito no diário e leu: "De um lugar alto observo aquele que também sou eu escavando a terra freneticamente, terra que, ao ser lançada para cima, no ar, se transforma em água que me molha a face e os olhos, que já passam a mirar um mapa que parece estar vivo, porque se movem dois grandes blocos de terra que se separam, e outra vez a água que agora invade o espaço entre esses blocos ergue-se em turbilhão, molhando desta feita meu corpo, e lá estou num barco querendo alcançar alguma costa quando temo que venha a noite totalmente escura e me vejo sem saída, invadido por um medo comparável ao dos que navegavam esperando a qualquer momento despencar no abismo do mundo, quando começa uma chuva fina que logo se transforma em tormenta, e eu, que me vejo desde o alto sofrendo tanto assim, trato de secar completamente meus olhos e refazer-me de tudo a que assisti, até que possa de novo suportar outras revelações belas e violentas das águas."

"Nada mais parecido a um transe de ópio, Adriaen... Estavas realmente dormindo?..." A comparação saíra de chofre, e já ao fazer a pergunta Markgraf se deu conta do deslize...

"Um sono reparador... Posso assegurar-te de que estava dormindo..." Acomodando-se melhor na cadeira, quase um cacoete, o cartógrafo perguntou: "Conheces o ópio?..."

"Não, ainda não conheço...", mentiu Markgraf, confiado de que poderia explicar-se depois, com o palavreado de que uma ou mais experiências não conduziam necessariamente ao conhecimento de algo, e continuou: "Agora, voltando ao teu sonho, a semelhança deste com a experiência mística do ópio, valho-me do que me contaram alguns amigos, é essa visão de muitos lugares diferentes apreendidos de um mesmo espaço... Ao final do relato, uma frase parece referir-se à tua disposição interior de enfrentar-te com o desconhecido... Abrir-te às 'revelações belas e violentas', compreender o que estas significam certamente ampliar-te-á tua percepção do mundo... Acaso não será belíssima a revelação, e ao mesmo tempo violenta aos cânones do passado, de que para além do tão temido abismo o que existia são as novas terras de América? No mundo há inúmeras histórias exemplares de revelações belas e violentas... Por que Prometeu foi condenado ao suplício? Porque para os deuses do Olimpo ele violentou uma lei sagrada ao trazer-nos aos mortais humanos a chama do conhecimento... Bela e violenta revelação! Teu sonho parece ser a antevisão de um afresco a ser pintado numa superfície em branco... Tua mente é essa superfície em branco, Adriaen, e o afresco poderia vir a ser violentamente belo", disse Markgraf a um Adriaen perplexo com seus bem tecidos comentários, ouriversaria em prosa, palavras lançadas "... com a mira precisa de um arqueiro da China!", pensou Adriaen, um elogio que, ao ser verbalizado, daria o pé para uma retomada do tema do ópio, na seqüência de um simpático preâmbulo que já tinha na ponta da língua: "Bem, já que da China falamos..."

A certa altura, Markgraf disse:

"Quero convidar-te a que tomes parte da confraria Mensageiros do Futuro, da qual tenho a honra de ser membro com a ordem de grão-mestre..."

Mensageiros do Futuro: este era o nome da sociedade que tinha por membros alguns dos assessores do governo de Maurits-Stadt; fora formada para desenvolver certos estudos e projetos que dificilmente caberiam no âmbito oficial do governo e, além do próprio Markgraf, nela estavam: Willem Piso, Frans Post, Albert Eckhout, Pieter Post e Zacharias Wagener. Em aceitando, Adriaen ocuparia o lugar que pertencera a Johannes Vingboons, que já estava em Nova Amsterdam, na América do Norte. Dito isto, o astrônomo rematou entusiasmado:

"Seremos novamente sete... o número cabalístico da perfeição! Estou certo de que aceitarás..."

"Sinto-me lisonjeado por teu convite...", disse Adriaen.

"Magnífico!"

"E por onde começo?"

"Na próxima reunião. A propósito... e não te surpreendas, estive a ponto de dizer-te momentos atrás, mas enfim..."

"Poupem-se as explicações, Markgraf", cortou Adriaen. "Também estive a ponto de insistir no tema do ópio... Desde meus tempos de Rotterdam escuto de confrarias e de sociedades científicas... inclusive nas cortes de Europa, a substância do Oriente é usada com muita freqüência..."

"De fato... estamos estudando a quintessência da papoula...", confirmou Markgraf.

Seguindo por esta senda aberta por tão ilustrado e franco diálogo, muitos mundos mais seriam visitados em prosa, verso e reverso. Markgraf operava relações entre esses distintos mundos, deixando claro que acreditava numa interação entre os mesmos. Quando disse que mesmo a intuição tem seus mecanismos, que a ela precede um processo de análise das partes que formam o todo a que se quer penetrar, até que alguma das partes se converta em objeto intuitivo e evidente, Adriaen comentou-lhe que o que acabara de ouvir era a mesma idéia transmitida em carta a Martinus Hortensius por um amigo, o matemático René Descartes...

"... Trata-se de uma bela coincidência filosófica, Markgraf!", exclamou Adriaen como corolário do antes dito.

"Coincidência de homens que vivem e pensam as vicissitudes do seu tempo, gerando idéias para o amanhã, diria sem falsa modéstia... Um feliz sincronismo..."

Adriaen conteve o riso iminente ante o que acabara de ouvir, ao recordar outras idéias expressadas no livro que pouco tempo depois daquela carta o pensador francês viria a publicar com o título de *Discurso do método de encaminhamento da razão e da busca da verdade nas ciências*. Omitia-se de comentar a mordacidade de Descartes, que, em certa passagem do mencionado livro, exultava por ter tido...

(...) *a sabedoria suficiente para ter escapado do que professam os enganosos alquimistas, das predições dos astrólogos e das imposturas dos magos* (...)

Nada pessoal, mas poderia doer...

Entretanto, o tema da intuição prestava-se a outros desdobramentos, vindo à baila as conjecturas que Adriaen no seu íntimo fizera, em torno a que bem poderia ser Markgraf o dono do mapa turco; contou do sucedido na biblioteca da casa do príncipe e da entrevista que mantivera com Nieuhof...

"Paguei uma boa quantia em florins para obtê-lo de um oficial inglês", disse Markgraf, "... e recusei ser explorado em minhas economias pelo tradutor; queria cobrar-me um preço fora de órbita!", continuou o astrônomo. "... Assim que, sem que ele ainda o saiba, confio em Nieuhof, a quem em seu devido momento revelarei minhas elevadas intenções científicas; ele compreenderá que tudo não passou de uma sã diversão de minha parte..."

"Sã ousadia...", retrucou Adriaen, divertindo-se, por sua vez, com a ambigüidade do comentário, máxime porque sabia que Markgraf, por enquanto, captaria apenas seu sentido mais aparente de reprimenda espirituosa...

12

A sugestão era um tanto esdrúxula e partira de Zacharias Wagener, o que não seria de se estranhar, nem muito menos de se desestimar, porquanto seu repertório de propostas pouco usuais incluía o grande êxito de uma fantasia cenográfica que a todos deslumbrou durante as celebrações pela restauração do trono português: o boi voador, um boneco confeccionado artisticamente que parecia voar no alto, deslocando-se de um a outro extremo do arame de onde pendia. Esta idéia extravagante que lhe angariara elogios do mesmíssimo príncipe, ao ser concretizada em entretenimento de muito efeito visual, era um folguedo engenhoso; contribuíra como nenhum outro aos planos propagandísticos do governo de Nova Holanda. A nova proposta de Zacharias só não surpreenderia a Markgraf e a Frans Post, e era quase natural que assim o fosse: mesmo a tresloucada idéia do boi voador se impusera graças ao esforço persuasivo e à colaboração de ambos, habituais aliados de seus planos, por mais excêntricos e arrojados que estes pudessem parecer.

"... Em síntese, um estudo comparativo: de um lado, nossas experiências com o ópio; do outro, as dos índios e dos negros africanos com suas plantas e ervas. Alguém aqui considera que não há nada que aprender dos sacerdotes dessas comunidades? ... das curas que realizam com suas ervas mágicas? ... dos transes místicos? ... Perguntem aos confrades Piso e Markgraf!", dirigiu-se com veemência Zacharias aos presentes nessa reunião dos Mensageiros do Futuro, a primeira a que acudia Adriaen van der Zee, ainda como ouvinte e novel membro apresentado por Markgraf na oportunidade.

"Cristalina sabedoria e virtuosa inspiração! A proposta de Zacharias está por mim apoiada e espero que tenha eco entre os ilustres confrades...", disse Markgraf, já olhando de esguelha para Willem Piso, como a congratular-se com este que, como sabemos, vinha sendo seu parceiro nos estudos sobre o uso de plantas e ervas medicinais entre os índios.

A proposta foi aprovada por unanimidade, ficando a forma de executá-la em mãos de quatro voluntários que responderiam pelas missões de contatos com os curandeiros: Markgraf e Piso, os delegados à comunidade indígena; Zacharias e Frans Post, os incumbidos da mais delicada tarefa de visitar o Quilombo dos Palmares. De depender dos perfis individuais dos membros das duas comissões de contato, a proposta era plenamente viável: o astrônomo e o médico, por motivos já explicitados; Zacharias, por ser um opositor visceral da escravidão, o que lhe outorgava autenticidade moral para o relacionamento com os negros; e Frans, por ossos do ofício de pintor e documentarista da paisagem e das atividades humanas, condição que lhe auferia simpatia e mobilidade nos mais diversos estamentos sociais e um bom conhecimento da região.

Adriaen anotou tudo que foi discutido na reunião dos Mensageiros do Futuro. Havia bem pouco tempo não se houvera imaginado tão próximo de tantos e tão diversos mundos e, mais que isso, participando em buscas de metodologias adequadas para discernir o que de mais transcendente haveria para fruição das ciências. Motivado por sua virtual admissão como membro da confraria, ele agora abria uma página em branco para compor o epílogo do que denominara *Anno 1*, notação cronológica pessoal feita em seu diário, desde aquela tarde em que chegara ao Recife, a bordo do galeão *Netuno*. Não teria doze meses o seu calendário: ordenou-o por ciclos subjetivos, queria sentir-se dono absoluto de seu tempo interior; dera por finalizado um ciclo, convencido de que o que tinha compulsivamente escrito pertencia ao passado, e que, doravante, o que foi crisálida seria borboleta...

Compunha, desta feita, um acróstico:

A *nno*
D *omini 1641;*
R *erum novitas*
I *mperat*
A *nimus herilis*
E *t properat*
N *ovus Mundus.*

[Ano do Senhor, 1641. A renovação é conduzida pelo espírito intrépido e inspirada pelo Novo Mundo.]

13

Manga, caju, abacaxi, coco, mamão, goiaba, abacate, melancia, banana, maracujá, laranja, mangaba; feijão, milho, inhame, mandioca; em abundância, para chupar, comer, extrair azeite, elaborar vinhos e doces, acompanhar a preparação de peixes vários, camarões, lagostas e caranguejos, alimentar os já não mais escravos: homens, mulheres, crianças e os que velhos já tinham ficado, porque 41 anos contemplavam aquela cidadela de negros, o Quilombo dos Palmares. Do pequeno núcleo formado lá pelos idos de 1600, na serra da Barriga, por escravos fugidos de um mesmo engenho, de nome Santa Rita, o quilombo tomara impulso vital, em população e organização, a partir daqueles dias da invasão batava — era o ano de 1630 — quando a grande maioria dos encarregados da vigilância dos negros nas propriedades açucareiras da província foram mandados à luta contra os inimigos que chegavam. Os escravos em debandada, tudo que queriam era viver dignamente, longe do inferno dos trabalhos forçados nas plantações, moendas e fornalhas dos engenhos de açúcar. No Quilombo dos Palmares estava a oportunidade de redenção. E as leis tinham de ser duras, as punições, exemplares, entre os que recuperavam a vida em liberdade e queriam preservá-la a todo custo. Era preciso relegar ao passado a mentalidade tribal; chegaram à sábia conclusão de que esta havia sido uma das principais causas de que muitos negros fossem caçados, implacavelmente, por outros negros de tribos vizinhas inimigas, em terras africanas, e negociados aos traficantes de toda cor e credo. Os ashanti, os baúle, os ibibio, os iorubá eram algumas daquelas tribos que lucravam com a mercadoria humana, e a ironia do destino terminaria fazendo com que ali, no meio das matas de Pernambuco, se encontrassem caçadores e caçados, para juntos esconjurar as insídias — chamem-se truculências dos empórios mercantilistas no fomentar de guerras tribais — em que afinal caíram todos. Com o fim de manter o que tanto havia custado, e seguia custando, normas gerais foram adotadas: punidos com a morte seriam os que cometessem roubo, homicídio ou os que fugissem do quilombo; as deliberações mais importantes seriam prerrogativa do Conselho de chefes dos mocambos; permanente controle dos postos estratégicos de observação, para salvaguarda da comunidade; e uma última: o negro raptado de algum engenho pelos quilombolas continuaria na condição de escravo — desta feita de seus captores — até quando conseguisse, por meios próprios, mais habitantes para o quilombo.

Redimensionados por essas amargas lições que começam com o desarraigamento violento que experimentaram, não rara vez por culpa de indivíduos de suas próprias tribos e de potentados que se enriqueciam com a venda de súditos e até mesmo dos filhos, no quilombo se encontravam também muitos descendentes das nobrezas africanas. Na organização do quilombo, os postos de mando eram ocupados primordialmente pelos negros de linhagem nobre, e Kuatuné, uma princesa malinque da região sudanesa ocidental de África, chefiava o mocambo do Macaco, a mais populosa das aldeias dos Palmares nesses dias de 1641.

De onde vinha essa princesa negra, em que circunstâncias se produzira seu exílio forçado, que rumo tomara sua vida desde que chegara ao Recife são indagações que ora poderá estar fazendo o leitor e que tentarei responder com a presteza devida, servindo-me de uma história de ancestrais...

Suas origens estavam no reino de Mali, reino negro que alcançara seu apogeu entre os séculos XIII e XIV de nossa era. Na primeira metade do século XIV, este reino de língua mandê já ocupava uma extensa região desde a costa da Guiné, na faixa compreendida entre a nascente e a foz do rio Senegal, até adentrar-se, seguindo o curso do Níger, em direção aos confins do deserto do Saara. Dentro do território malinque e próximo das margens desse grande rio, estava situada a cidade de Timbuktu, centro comercial e cultural, urbe de mercadores e artesãos que ali gesticulavam, e que outras peripécias mais, para vencer as babélicas dificuldades dessa encruzilhada de línguas e dialetos, contanto que pudessem negociar quase tudo de valioso que havia no mundo. De histórias transmitidas pelos cantos e trovas, e que são corroboradas por um portulano catalão de finais do século XIV, *circa* 1375, sabe-se que nessa grande região sudanesa ocidental, lá pelos alvores dessa centúria, existiu um rei a quem chamavam por *mansa* Kanka Mussa. Com ele, o reino de Mali conhecera o esplendor e o poder imperial. No citado portulano, o Atlas Mundial catalão, pode-se observar a figura de um rei negro sentado num trono situado entre as cidades de Timbuktu e Gao, uma das mãos sustentando o cetro de ouro e a outra exibindo uma grande pepita igualmente de ouro; do lado direito, à altura da cabeça da figura, uma legenda a explica: "Este senhor negro é o venerado Mussa do reino de Mali, soberano dos negros da Guiné. Este rei é o mais rico e o mais nobre deste vasto território, graças ao ouro que em abundância ocorre nessas terras submetidas ao seu mando..." O vistoso documento catalão nos informa ainda da influência muçulmana, que já se fazia sentir naqueles anos, mercê dos mercadores tuaregues e bereberes que levavam ao reino de Mali o sal das minas próximas a Taghaza e a Touadenni, localidades situadas ao norte de Timbuktu, e de outros tantos que para esta cidade também convergiam, utilizando as rotas transaarianas que a comunicavam com Marrakech e com os portos de Trípoli e de Alexandria no mar Mediterrâneo. (Uma nota artística sobre essa influência são os minúsculos desenhos, no portulano ricamente ilustrado, de mesquitas com seus característicos minaretes.)

Um episódio da vida de Kanka Mussa é bastante emblemático do quão fastuoso havia sido seu reinado: conta-se que, em uma viagem empreendida em 1324, rumo a Meca, a cidade sagrada dos povos muçulmanos, o *mansa* Mussa deteve-se no Cairo, para descanso e abastecimento da caravana. Impressionante seu séquito de cavaleiros andantes, engalanados de preciosos adornos, em montarias tão luxuosamente ajaezadas, que aos seus correspondentes europeus certamente despertaria admiração quando não inveja. Ouro em quantidade como nunca algum árabe e mesmo o sultão do Egito havia visto ou imaginado, surpreendendo até mesmo os mercadores acostumados a cruzar o Saara para visitar as terras do Níger, trazendo daí o resplandecente metal em troca de sal, âmbar, especiarias do Oriente, algodão e seda europeus que recolhiam no porto de Alexandria, e outros tantos produtos. Provavelmente foram esses mesmos mercadores os que se encarregaram de difundir, que bastaram algumas poucas semanas de estância da caravana de Kanka Mussa — integrada por cinqüenta mil súditos e doze mil escravos — para que a cotação do ouro viesse abaixo, causando a desvalorização, ao longo de vários anos!, da moeda cairota.

A decadência do reino de Mali viria de maneira não muito diferente da de tantos outros: soberanos confundidos e perdulários, divisões internas, inversão de valores morais e espirituais etc., todos estes signos de debilitação aproveitados pelos que haviam esperado uma brecha fácil, uma trilha segura para ingressar nos cobiçados territórios malinque. Contudo, nenhum dos reinos — os bambara, os songhai, os uolofe, os fulbe — que lançaram ataques invasores contra os malinque, fora capaz de sequer equiparar-se a estes em luxo, riquezas e domínio territorial. O reino de Mali, com o passar dos tempos — já sem o esplendor de antes, porém cantando ainda as glórias do *mansa* Mussa, em rituais negros de uma cultura religiosa que acaso sobrevivera, nos limites do lúdico, às incursões do mítico soberano pela fé muçulmana —, perduraria em área mais reduzida, próxima da costa da Guiné e banhada pelos rios Senegal e Níger que ali quase se tocam.

Retornando dessa viagem ao passado dos malinque, faremos uma breve parada em um certo dia lá pelos idos de 1625 ou 1626 (que me perdoem a imprecisão): o traficante negreiro holandês, que embarcava uma leva grande de escravos no cais da pequena aldeia de Muri, na Costa do Ouro, já tinha os ouvidos insensíveis aos lamentos desesperados daquela gente que era abruptamente separada dos seus. Chegado o momento, Kuatuné, que contava então com a idade de 19 anos, ajusta melhor a manta que envolve seu corpo, cruza os braços contra o ventre, assume uma postura encurvada e, para completar o penoso quadro, emite um choro agudo, tratando de que se pareça o mais possível com o de uma criança. Ao passar pelo traficante holandês é detida, e este lhe indica que retire a manta que a cobria, revelando-se o que ela pretendera ocultar: seu filho, que mamava de seu peito. Nascera a pequena criatura em uma tribo iorubá, para onde a jovem princesa grávida tinha sido levada por seus raptores. Temerosa de perdê-la — um átimo de espera sendo inundado por recordações da vida deixada para trás —, Kuatuné só sai desse transe próprio das mães aflitas, quando o holandês agita nervosamente as mãos, dando-lhe a esperada ordem de embarcar com a criança...

Três meses depois, o navio negreiro deitava âncoras no porto do Recife. Mais um navio holandês aportando, trazendo escravos negros para os engenhos de açúcar, algo corriqueiro e aceito de bom grado pelos portugueses. Se de nada suspeitavam, ou se desestimavam a possibilidade de outro ataque dos batavos — era bem recente a derrota destes na Bahia —, o certo é que dessa complacência muitos proveitos tiraram as autoridades holandesas, que punham em execução ações coordenadas de espionagem, quando seus navios vinham em empresa de comércio a esta parte do Brasil. A este porto aberto a todo tipo de aventureiros, a WIC costumava enviar seus espiões, que depois retornavam ao velho continente com informação útil aos planos da invasão de Pernambuco, que estava sendo então preparada. Um desses observadores, dissimulado em traficante de escravos, chegava nesse mesmo navio que trazia Kuatuné e seu filho entre centenas de negros sudaneses e guineanos que logo estariam expostos à venda nos mercados do porto do Recife e da vila de Olinda.

Arrematados em leilão, a princesa negra e o bebê foram conduzidos ao Engenho da Casa Forte. Ali permaneceriam uns quantos meses, até quando Kuatuné, por segunda vez em sua vida, seria vítima de um rapto, agora um tanto diferente e no sentido inverso ao primeiro: rumo à liberdade.

14

O Velho O'Connor – assim o chamavam – contava a Adriaen como havia passado de grumete do almirante James Lancaster a taberneiro, primeiro como servente de mesa da Sargaço e tempos depois como proprietário do mesmo estabelecimento ao qual dera um novo nome, Virgin, homenagem prestada ao navio que o trouxera ao Recife, "... uma bela nave, ligeira e muito bem equipada!", integrando a tripulação da frota do afamado corsário inglês.

"Havia ainda muitas outras naves... Ao zarpar de Dartmouth, já com os objetivos traçados e rumo à costa do Brasil, eram apenas três: a Virgin, a Solomon, e a maior de todas, a Constance... daí vem o nome de minha adorada filha. Oh! Sim... Tínhamos, pois, um bom poderio, e nosso almirante soube usá-lo com destreza, entanto nos inspirava a tomar presas quantas naves se nos cruzassem pelo mar Oceano... Nossa esquadra cresceu... Oh! Sim... Escunas, galeões espanhóis, caravelas portuguesas... Para mim era um sonho realizado e tive a fortuna de conhecê-las por dentro, eu era quase um menino... Quando nos aproximávamos destas latitudes, o almirante Lancaster chamou os capitães John Andely e sir Edmond Black, e determinou a meta: o porto do Recife... Ele tinha informação de que nessas águas havia naufragado uma nave, uma grande nave!, abarrotada de mercadorias trazidas das Índias Orientais, e que toda essa carga fora recuperada, estando ainda nos armazéns e depósitos da zona portuária. Planejava-se o assalto! *Irish coffee*?", interrompe o relato, oferecendo a Adriaen uma especialidade da casa, e pede a Constance que os sirva, oportunidade não desperdiçada pelo cartógrafo que a ela dirige um sorriso intencionado. "Oh! Sim... o assalto já estava sendo planificado...", continuou o *Velho* O'Connor, "... quando entra em cena o capitão Jean Venner, um francês que aqui já se encontrava, em função comercial, ao comando de três naves holandesas. Como o almirante Lancaster queria assegurar-se do êxito da operação, negociou com o ardiloso mercenário para que este se somasse ao ataque, com seus homens e equipamento, em troca de ceder-lhe uma parte de tudo que fosse saqueado no porto... Eram os últimos dias de março do ano de 1595.

Respirávamos o ar tenso da espera, a espreita prolongando-se por toda a primeira semana de abril... A movimentação no porto era diferente, os daqui já se organizavam em destacamentos por vários setores. O governador português manda seu emissário para certificar-se das intenções do nosso almirante que, inflexível, responde com a mensagem contundente de que aqui estava para haver-se da valiosa carga do tal navio afundado, ainda que tivesse de recorrer ao argumento da força e ao discurso ardente dos canhões... Isto ocorrido, contamos um, dois dias, e teve início o assalto. Partia fogo cerrado tanto do Forte do Mar, sobre o arrecife de pedra, quanto de artilharia pesada do lado do istmo, logo à entrada do ancoradouro... Fossem os daqui mais bem preparados para as artes do combate, não estarias ouvindo esta história do *Velho* O'Connor... Oh! Sim... Fogo respondido com fogo... Sofremos alguns danos, homens feridos, uma nave nossa foi de encontro a uma rocha, porém ingressamos, e logo foi só correria do lado inimigo, a debandada ruidosa, o cheiro intenso de pólvora... O porto do Recife era nosso! Servido?...", O'Connor teve de levantar o prato de *beef* para ser entendido por Adriaen que, por um momento, esteve absorto a olhar o quadro de um barco na parede à sua frente. "O almirante Lancaster não demorou em ser informado pelos que voltavam do reconhecimento da zona portuária que o que ali havia sobrepassava, e muito, em quantidade e valor, às estimativas feitas sobre bens e mercadorias... Como munição não nos faltava, a ordem foi saquear toda a carga que pudéssemos, até deixar repletos os porões das quinze naves que agora compunham a frota. Sendo uma questão de tempo, e de espaço!, foram destacados grupos para as tarefas muitas, pois havia que guardar as posições já abandonadas pelos portugueses, remover peças de artilharia aos setores mais vulneráveis, levantar paliçadas, executar e controlar o transporte e recepção de caixas e fardos com as mercadorias... Oh! Sim... Novamente o governador português envia sua gente para tentar um diálogo, dessa vez seriam uns quantos abastados senhores da vila de Olinda que sequer são recebidos pelo almirante... Daí por diante recrudescem os combates, os moradores nos atacam em emboscadas e usam de todo tipo de astúcias para recuperar a preciosa carga, roubam carroças, até balsas com fogos de artifício e pólvora arremetem contra nossas naves... Oh! Sim... Mas esse atrevimento vai merecer uma resposta do almirante Lancaster, e o objeto de sua vingança será um navio negreiro português que se aproximava do porto, visitantes que nada sabiam do que estava sucedendo, pois que, ao ingressar no ancoradouro, essa nave é tomada de surpresa pelos nossos que, cumprindo as ordens dadas, libertam todos os negros e obrigam os traficantes lusos a puxar nossas carroças, preferentemente aquelas mais carregadas... O jovem grumete O'Connor, nesses dias, estava ajudando nas tarefas de retirada dos fardos de açúcar de um armazém, o mesmo que ainda existe e que tem seus fundos para esta rua, com a qual se comunica através de uma pequena e estreita porta que pode ser vista da entrada da taberna. Eu costumava vir aqui, sempre que podia, utilizando esta porta que para mim agora é como se tivesse sido o umbral que separava dois mundos... Nessa época, esta taberna chamava-se Sargaço, e seu dono era um português, homem pacato e valente, um dos poucos a por aqui permanecer durante o assalto... Seu nome era João Lopes, era também um apaixonado por barcos, possuía, inclusive, alguns bergantins e chalupas que iam e vinham com mercadorias e passageiros da várzea do Capibaribe e da vila de Olinda... Comecei a cultivar sua amizade. Inquieto, e logo saberás por que motivo, eu perguntava sobre a vida por estes lados, as atividades, as oportunidades, e pelas respostas que me dava, sempre com um quê de encorajadoras, era como se estivessem as coisas convergindo para que eu ficasse por estas terras. No fundo, eu desejava que assim fosse, porque meu coração já pertencia a Maria Clara, uma das três filhas do taberneiro... Esse encantamento começara em um final de tarde de um daqueles dias sem incidentes, em que os daqui permaneciam em seus esconderijos, por certo tramando novas investidas... Nossos homens, posicionados nas duas extremidades da rua, refiro-me a esta rua, só permitiam a entrada das carroças com víveres e gêneros, para o abastecimento dos poucos vizinhos que aceitaram as condições impostas pelo almirante, entre estas as revisões periódicas de suas casas. Como dizia, era um final de tarde e fui incluído no grupo de visita de inspeção à taberna Sargaço. Foi quando a vi, com o assombro de quem vê uma santa ou um ente celestial, divertindo-se com as irmãs, no pátio dos fundos... Tornei-me de tal maneira assíduo freqüentador da taberna, que terminei sendo chamado em presença do capitão, *sir* Edmond Black, para as devidas explicações. Eram já os últimos dias do saque ao porto, quando não só quase tudo havia-se esgotado como também a paciência do almirante James Lancaster ante os irritantes atos de sabotagem dos persistentes moradores... Escutei calado a reprimenda do capitão e ocultei o que havia decidido, pois sabia que, com a pressa que tinham, quando dessem por minha ausência, a frota já estaria em alto-mar, regressando à Inglaterra com os porões das naves — as próprias, as capturadas e as contratadas — cheios de valiosas mercadorias... Com a vida no porto voltando ao seu cotidiano normal, dom João Lopes me oferece emprego na taberna e... bem, começa uma outra história que deixaremos para uma próxima oportunidade, assim não abusarei de teu tempo, Adriaen, e, para ser franco, devo dizer que, pelos sinais que Constance me está fazendo, algum trabalho me espera..."

Os gestos da graciosa Constance ao chamar seu velho pai provocaram em Adriaen um sorriso mais aberto que os anteriores, e de duplo sentido, porque no íntimo ele também desfrutava da história que acabara de ouvir de O'Connor e pelo que esta curiosamente se repetia... E sorrindo saiu da taberna, caminhou ao cais da rua da Balsa, para daí cruzar o rio que, ao final dessa aprazível jornada, lhe parecia até mais bonito e inusitadamente isento de mau cheiro.

Fruto das conversas com Markgraf, nas quais encontrava estímulos para estabelecer correlações entre fatos, mitos e pessoas — e mesmo entre pessoas e animais, o que se dera no poemeto em que versava sobre o príncipe e o caranguejo — que entraram ou entravam em sua vida, Adriaen recordava o dito em certa ocasião pelo amigo astrônomo, a propósito de suas notas no diário: "... o que aqui está escrito ratifica que te encontras numa sincronia de espaço e tempo ou, em outras palavras, estás conjugando acertadamente o lugar com a época em que estás vivendo". De alma renovada pelo que se passara neste dia em que voltara a olhar nos olhos de Constance O'Connor, ele refletia, com os recursos de compreensão previstos pela *Qabbalah*, sobre eventos recentes...

De verdade creio que Markgraf tem o dom invejável de recolher fatos e pensamentos em sistemas e explicá-los com uma simplicidade que dissipa dúvidas dos mais renitentes de seus interlocutores; comigo não há de ser diferente, posto que nos liga a amizade e, espero, a admiração mútuas.

Um novo ciclo, meu Anno Novo, *inicia com gratos auspícios. Depois de escutar as recordações do* Velho O'Connor, *meditei muito; vinha-me à mente aquela reincidência, tanto em sua história como na minha, das letras iniciais dos nomes daqueles que desempenharam um papel relevante nas vidas de cada um de nós... Cismas do destino? Diversões do Senhor Todo-Poderoso? E não foi também que ambos, um dia de nossas vidas, sentamo-nos a conversar com um taberneiro, motivados — sejamos honestos — pelos atrativos de uma certa figura angelical de mulher?*

São, portanto, muitas as injunções. E bastante legíveis.

No que eu chamaria de dança feliz das letras, notei no relato de O'Connor a reincidência do J *e do* L, *juntos. Faço então a seguinte leitura:*

De um mundo, cuja figura maior era seu almirante James Lancaster, o jovem grumete passara-se a outro que, do outro lado do umbral, começara a abrir-se-lhe por intermédio de um certo taberneiro de nome João Lopes. Sagaz como pude perceber pelo seu relato, não tenho dúvidas de que o Velho O'Connor *realizou essa mesma ilação. No que a mim diz respeito, aquelas letras também me acompanham: Jan de Laet decidiu minha contratação pela WIC, o que assegurou minha vinda ao Novo Mundo, e Georg, onomástico germânico que corresponde a Jorge nestas terras do Brasil, é o primeiro nome de Markgraf, amigo entranhável, cujo* L, *não estando no sobrenome familiar, encontrá-lo-emos em sua sempre recordada terra de origem, presente em selo e firma, Liebstadt.*

Injunções cabalísticas como estas habitam a esfera do sublime; conduzem-me a uma superação constante: conduzem-me a Constance...

15

O Alto Conselho de Nova Holanda via-se em dificuldades para aprovar o financiamento das obras do palácio de Vrijburg, futura residência de Sua Alteza, e das tantas vezes postergada ponte do Recife, ligando o porto a Maurits-Stadt. Defendia-se a tese do controle de gastos. Este era, manifestavam alguns dos conselheiros, o caminho mais sensato, de vez que a empresa de ocupação, com problemas estruturais complexos, não estava gerando dividendos aos níveis desejados pelos patronos da WIC. No âmbito maior da província, se por um lado o braço militar constituía um acerto — prova disto estava no poderio que as tropas holandesas de terra e mar demonstraram, havia pouco mais de um ano e meio atrás na barra de Catuama, ao derrotar a esquadra luso-espanhola que vinha no intento de recuperar o território —, por outro, tornava-se patente que havia desacertos na administração das fazendas da região. A lavoura da cana-de-açúcar continuava majoritariamente em mãos de súditos luso-brasileiros, apesar do grande confisco de engenhos ocorrido nos primeiros meses da chegada do príncipe, quando estes logo foram revendidos pela WIC a holandeses; o comércio, cada vez mais controlado por judeus:

> *Os comerciantes cristãos estão quase excluídos e tornaram-se meros espectadores dos negócios dos judeus.*
>
> (...) *Quase todo o açúcar passa pelas mãos deles e quando em algum lugar há qualquer coisa onde se possa ganhar, já Israel tomou conta.*

... queixavam-se, em carta ao príncipe, os próprios súditos holandeses. Os contrabandistas de açúcar, pau-brasil, tabaco, âmbar e outros produtos seguiam operando no porto, agora com expedientes mais sofisticados e não raro violentos, quando seus truques foram descobertos e denunciados. A relação de problemas era extensa, a tese de austeridade orçamentária plenamente defensável...

Argumentando que ambas as obras já tinham assumido um caráter prioritário nesta etapa de governo — a de sua residência oficial por disposições da WIC em honra de Sua Alteza; a da ponte do Recife por questões de defesa, quando se torna vital a comunicação rápida entre as ilhas —, o príncipe Johan Maurits, em visita oficial ao Alto Conselho, expunha suas idéias com a clareza necessária, antecipando-se, por vezes, ao espectro de questionamentos possíveis, denotando saber de fonte segura que havia conselheiros que se opunham à execução, no curto prazo, desses dois projetos. O dito pelo Excelentíssimo Governador conseguira arrefecer os ânimos mais exaltados. Seguidamente ouviram-se discursos cautos, retrocederam os que antes, nos gabinetes, tinham ensaiado pronunciamentos vigorosos contrários às novas demandas do príncipe, congratularam-se os mais solícitos beijadores de mãos nobres.

Em seus considerandos finais, o príncipe fora enérgico ao afirmar que os piores dias haviam passado e que a austeridade que alguns apregoavam, melhor que a aplicassem em outra ordem de coisas...

A Natureza encarregar-se-ia de contradizer a assertiva do príncipe de que os piores dias haviam passado. Acontecia de novo: quando as chuvas do meio do ano caem torrencialmente, durante dias inteiros, os rios, o Capibaribe e seus afluentes, transbordam e as correntezas manifestam sua fúria incontrolável...

No terceiro dia de chuvas torrenciais, o príncipe revisava as anotações que Jan de Laet lhe entregara pouco antes de seu embarque a Pernambuco. Nessas anotações, De Laet relatava os fatos ocorridos nos seis primeiros anos da ocupação batava, quando aqui vivia, cumprindo missão oficial da WIC. O príncipe, que observava o nível das águas subir, a cada vez que se assomava à janela da biblioteca relia com especial atenção, agora que começava a pressentir o pior, sobre o ocorrido em julho de 1633: a cheia do Capibaribe e suas conseqüências devastadoras... Temendo um novo desastre de iguais ou maiores proporções, procurava dos relatos extrair lições de sobre como agir, preparando-se para enfrentar o inexorável. Enquanto isso, os soldados continuavam subindo a mobília, os quadros, caixas de víveres, tapetes, candelabros e outros objetos do térreo da casa. A ordem dada pelo príncipe, alarmado com o nível atingido pelas águas naquele ano, sempre de acordo ao descrito por De Laet, era a de remover tudo, ou o que possível fosse, que estivesse a menos de seis pés de altura, para os andares de cima.

Chovia muito também na várzea dos engenhos. Era evidente que isso ocorria, pois as águas cresciam rapidamente e traziam, arrastados pela correnteza, muita cana-de-açúcar recém-cortada, carroças com bois mortos, vestígios da ação implacável do mau tempo a incrementar o volume das bacias fluviais da região. Barcos que, por grandes e pesados, antes não se arriscavam por certos trechos dos rios sob pena de encalharem, agora apoiavam o resgate de pessoas e pertences domésticos, chegando bem próximo das zonas habitadas.

O saldo da tragédia: diques arrebentados em muitos setores; muitas vítimas em homens e animais; lavouras inundadas e completamente destruídas; um flagelo a que não faltaram sequer as pragas de insetos e os surtos epidêmicos para completar o quadro sombrio no durante e no depois das águas...

Foi nesses dias tormentosos que Markgraf ofereceu a Adriaen uma primeira demonstração de seu poder de transportar-se em estado de antimatéria.

Antes de abandonar o corpo, advertiu o amigo sobre a imprevista duração da viagem (nunca sabia se seriam longas ou curtas essas suas ausências) e que, portanto, não se pusesse inquieto nem tentasse despertá-lo; finalmente, deixou-o indicar ao menos um lugar de visita, a modo de que posteriormente se efetuasse a comprovação de sua capacidade insólita. Adriaen contou-lhe de sua preocupação com as agruras que poderiam estar sofrendo Constance e seu velho pai viúvo, "gente de minha maior estima", e pediu ao viajante que incluísse no seu itinerário uma visita à taberna...

"Virgin", antecipou-se Markgraf, "... os que sabemos de bons vinhos, conhecemos a Virgin do velho irlandês", concluiu bem-humorado o astrônomo (inalando o conteúdo, um líquido transparente, de um pequeno frasco) e logo caiu em profundo sono...

Na espera cingida por uma virtual onipresença do elemento água — a chuva, persistente; o rio, cada vez mais caudaloso; a clepsidra, com a dança do líquido elemento, de um recipiente a outro, marcando a passagem do tempo —, Adriaen resignava-se a transitar pelo pequeno quarto abarrotado de objetos, indo da janela à escrivaninha, ora observando o movimento de embarações, apinhadas de gente, ora espreitando um goiamum, o caranguejo azul que agora tinha de mascote...

Ao seu regresso, Markgraf contou, para alívio de Adriaen, que na Virgin a situação era, descontados os apuros, normal, e que seus seres queridos encontravam-se fora de perigo. Relatou ainda o detalhe que viria a ser a evidência da viagem: havia visto o *Velho* O'Connor em cama, tendo uma perna enfaixada, "... E como vociferava o irlandês!", comentou o astrônomo, "... porém, não há de que preocupar-te, meu caro Adriaen; suas queixas eram mais por contrariado de ver-se submetido ao repouso forçado do que propriamente por desconforto físico", concluiu, tranqüilizando o cartógrafo.

A demora do viajante deveu-se a seu recorrido por outras zonas castigadas e à sua preocupação solidária com os colegas, particularmente com Frans Post, que lhe havia dito estar por ausentar-se de Maurits-Stadt em vésperas de iniciar-se a tempestade. Terminaria encontrando Frans em companhia de Zacharias, na casa deste último. Estes, como os demais companheiros visitados, estavam bem, constatara Markgraf em sua excursão formidável, tanto mais porquanto se podia apreciar que dela regressara totalmente seco...

Consciente de que a insólita demonstração teria de haver causado uma reviravolta na cabeça de Adriaen, mesmo possuindo este uma mente aberta aos mistérios da existência, Markgraf discorreu sobre o extraordinário tema da descorporificação. Segundo o viajante transcendental, a capacidade de deslocar-se sem o corpo era uma prática milenar de treinamento espiritual do indivíduo, "... os hindus, através das literaturas védicas, a entendem como uma preparação para o encontro com Krishna, a Suprema Divindade, nos planetas antimateriais Vaikuntha", citou como exemplo, presumindo que tal erudição pudesse infundir no ouvinte considerações de natureza elevada. Adriaen indagou sobre as experiências anteriores do astrônomo; algo mais sobre a Índia; das Sagradas Escrituras, as visões proféticas e o caminhar de Jesus, o Nazareno, sobre as águas; sobre os ritos iniciáticos egípcios etc. O tema era palpitante. Das viagens passadas, algumas espirituais, outras, espirituosas, desprendiam-se as facetas humanas que estiveram expostas ao observador invisível... Dias longos de agosto, chovia muito.

16

Enquanto vivesse, nada daquilo seria divulgado, este era um dos pontos do acordo. Adriaen aceitava as condições ditadas por Markgraf; não desperdiçaria por nada deste mundo, e de quantos mais existissem, a oportunidade que se lhe apresentava, surgida de um mero acaso (claro está, não suspeitava das urdiduras do astrônomo...), de compor sua *opera prima* em Maurits-Stadt. Estava ali a matéria que vinha buscando: nada lhe parecera mais original que coligir em texto as viagens antimateriais de Markgraf e suas perspectivas instigadoras. Nada, nem mesmo o mapa turco que dado momento estivera a ponto de tomar, como assunto fértil que de fato o era, para um belo trabalho literário, o comovia tanto. Era uma feliz escolha, finalmente; era inclusive uma curiosa coincidência, em espírito, com aquela outra opção, a do manuscrito do turco Piri Ibn Haji Mehmed: uma compilação de histórias que não podiam nem deviam ser relegadas ao abandono e ao esquecimento na noite dos tempos.

Pela própria natureza antimaterial das viagens de Markgraf, estas eram também, em potência, viagens astrais; dependeriam de uma maior preparação do viajante, da evolução gradual de sua capacidade de desprender-se do corpo material, rumo a lugares e tempos inimagináveis para o comum dos mortais. Estava escrito nos Vedas sagrados.

O que segue são já os primeiros apontamentos de Adriaen; numa folha de papel que servia de frontispício para o manuscrito, um título:

AS ESPANTOSAS E SECRETÍSSIMAS
VIAGENS ANTIMATERIAIS
DO ASTRÔNOMO, BOTÂNICO E ZOÓLOGO
GEORG MARKGRAF VAN LIEBSTADT

Relato 1: agosto de 1641
Lugar e ano de destino: Quilombo dos Palmares, 1641

"Desprendi-me do corpo e vi que flutuava sobre os extensos canaviais dos arredores da várzea dos engenhos,[1] *província de Pernambuco,*[2] *e pude observar que alguns negros corriam, sendo perseguidos, a uma boa distância, por dois cavaleiros, um negro e um branco, bem ataviados e portando arcabuzes. Compreendi que se tratava de uma fuga. O quadro foi suficientemente sugestivo para que seguisse na direção do Quilombo dos Palmares,*[3] *rumo certo daqueles escravos fugitivos; alguma idéia fazia de onde poderia estar a tal comunidade dos africanos e, depois de tudo, era-me bastante simples empreender vôo e do alto ter uma ancha e magnífica visão da paisagem, mantendo-me atento para onde esta ia-se transformando, tanto de vegetação como de topografia. Passaram-se os canaviais, passaram-se as matas densas nas planícies e nos morros; lavouras com uma diversidade de cultivos surgiram e, próximo a estas, casas, cobertas com palha, e os povoadores do — não havia dúvidas — Quilombo dos Palmares. Ao redor das muitas casas uma paliçada em disposição semicircular definia a aldeia, uma das aldeias, pois, como observador privilegiado, cheguei a ver outras tantas, mocambos as chamavam... Sem entender palavra do que diziam, salvo uma que outra que se apropriavam do português e que a mim já soavam compreensíveis, limitei-me a caminhar pelo grande pátio central da aldeia, dedicando-me a olhar, dos pés à cabeça, a gente que por ali estava, alguns aproximando-se de mim a tal ponto, que por vezes não pude evitar que se me atravessassem...*

O mais surpreendente estava por vir. A algazarra que se iniciou, lá na entrada da aldeia, parecia indicar que chegava gente de fora. Era certo. O visitante, com uma mula que levava no lombo duas caixas de madeira, ingressou no pátio e parecia dirigir-se ao lugar onde estava uma mulher que bem poderia ser algo assim como uma rainha ou sacerdotisa do quilombo. Aproximei-me rapidamente, fiquei a poucos passos dessa mulher negra. Seria de estirpe nobre, pensei. Sua postura altiva, sua indumentária, seus adornos, tudo enfim levando-me a crer que o era. A voz do forasteiro soou forte: 'Kuatuné... Kuatuné...', e quando este se encaminhou de braços abertos até onde estava a mulher, pude reconhecê-lo, agora que havia retirado o chapéu de abas largas que cobria parcialmente seu rosto: era o barqueiro Luís dos Santos... O que fazia ali? A resposta não demorou em vir, pois, uma vez abertas as caixas que trazia, delas retiraram ferramentas agrícolas e, para surpresa minha, armas de fogo!... Do Forte Príncipe Willem,[4] pensei logo, suspeitando que aqueles eram arcabuzes de rodete roubados do depósito de armas do forte, supostamente pelo mesmo Santos, sujeito que era da confiança, demasiada confiança, como se pode depreender do sucedido, dos soldados e oficiais daquela guarnição de Afogados... Eram armas da West-Indische Compagnie, constatei com assombro. Santos explicava sobre como usá-las, descrevendo os detalhes do mecanismo que produzia uma faísca — 'certeza de fogo mesmo debaixo de chuva forte!', dizia ele — pela fricção de uma pirita contra uma pequena roda canelada. Falavam em português, o que me permitia entender alguma coisa do diálogo. Guardei alguns nomes: Kuatuné, que até instantes atrás pensava tratar-se de uma saudação do forasteiro, vim a saber que na, verdade, era o nome próprio da esbelta negra, quem, aliás, corroborando o que imaginei, era a chefe do mocambo, mocambo do Macaco, e princesa, o que também confirmava minhas conjecturas sobre sua linhagem. Outros nomes escutados: Subupira e Amaro, que seriam decerto mocambos; e os de dois rapazolas, filhos da princesa, Kana Zona e Kanka Zumba. Escutei ainda quando começaram a tecer comentários sobre os engenhos, girando a conversa em torno daqueles aparentemente mais desprotegidos; os rumores que corriam nas plantações e nas senzalas[5] *etc. Até aí escutei... logo depois disso, regressei ao meu corpo físico. Era noite: o espetáculo das estrelas, um deleite aos olhos de quem vos fala..."*

Notas ao Relato 1:

1. Propriedades agrícolas dotadas de canaviais e moenda para produção de açúcar; nos engenhos utilizavam-se indivíduos trazidos de África como escravos, submetendo-os pela força às diversas tarefas inerentes a tais estabelecimentos;

2. Denominação ainda vigente desta região do Brasil, ocupada pelos holandeses desde 1630; ao que tudo indica poderá ser mantida, a modo de evitar incongruências com documentos e cartas geográficas anteriores; são terras que estão dentro dos domínios de Nova Holanda;

3. Grupo de aldeias, ao sul da província de Pernambuco, habitadas por escravos negros fugidos de vários engenhos de açúcar;

4. Reduto construído pelos holandeses em 1633, situado às margens do rio Afogados, para controle das embarcações que serviam aos engenhos da várzea a sudoeste de Maurits-Stadt (novo burgo dos holandeses situado na ilha de Antônio Vaz, ilha vizinha ao porto do Recife, projetado como núcleo capital e sede do governo de Nova Holanda);

5. Moradia dos escravos nos engenhos.

O episódio que implicava o barqueiro, conhecido por ambos, em delito de roubo, ou, quando menos, de traficar com o produto de uma ação ilícita, suscitara indagações por parte de Adriaen, ao calor da narrativa apenas concluída. Havendo-as já formulado, não lhe restara outra senão aceitar ser qualificado de ingênuo por Markgraf. Ora, denunciar o barqueiro perante as autoridades de Nova Holanda significaria expor-se a sérias complicações para explicar de que modo obtivera a informação... Responderia o astrônomo que havia sido em uma viagem antimaterial ao quilombo? De modo que segredo era e segredo permaneceria sendo, entendera Adriaen, ainda que o incomodasse ter de guardar silêncio cúmplice sobre o assunto.

17

"Dois colegas assessores precisam visitar em missão especial, de paz e boa vontade, o Quilombo dos Palmares...", disse Markgraf.

"O quilombo?..."

"Zacharias e Frans... Querem realizar uns esboços artísticos das aldeias, dos moradores...", mentiu. "Uma missão de boa vontade; o príncipe quer estar de bem com todos..."

"Mas... Sua Alteza acaso não possui também escravos negros? Ou vossa mercê vai me dizer que os que eu vi, com a letra M bem marcada no pescoço, são de sua propriedade?..."

"São, de fato, do príncipe, cumprindo, dito seja, com certo reparo, uma recomendação da Compagnie de que adotasse os hábitos dos senhores portugueses...", justificou, visivelmente irritado, o astrônomo. "Não vem ao caso, sabemos que os do quilombo são gente livre... Aí está a diferença..."

"São ex-escravos... e ajudam outros negros a fugirem dos engenhos..."

Silêncio. Markgraf, sem mais sutilezas, disparou:

"... E disso tudo dão contas à princesa Kuatuné, não é assim?"

"Kuatuné?..."

"... do mocambo do Macaco", rematou Markgraf.

"Vossa mercê fala esses nomes todos como..."

"Sei muito bem o que digo."

"É... Não duvido. Se vossa mercê diz..."

"Posso dizer-te mais... Kuatuné, no fundo, deve estar grata à Compagnie, afinal, os arcabuzes de rodete são armas de grande confiabilidade, uma garantia de fogo mesmo debaixo de fortes chuvas... Daí eu achar que ela receberá dignamente nossos colegas..."

Ao final desse diálogo em que Markgraf uma vez mais demonstrara sua fina mira de arqueiro chinês — como diria, e o disse já sem maiores cerimônias Adriaen, quando soube desse encontro —, ficara acertado que o barqueiro Luís dos Santos seria o guia de Zacharias Wagener e Frans Post na excursão ao quilombo.

18

Assim como os homens, as mulheres negras possuem belos e bem proporcionados corpos, porém, antes de obter vantagens *por isto, obrigadas estão, da mesma forma que os homens e as crianças, a realizar trabalhos pesados nas moendas e nos canaviais. Muitas delas, conhecendo as moedas de Espanha e de Holanda, costumam receber de seus senhores uma boa quantidade de aves, pássaros, peixes e diferentes tipos de frutas — tudo previamente contabilizado e anotado — para fins de venda. Se a negra comete algum descuido ou maneja um que outro troco incorreto, mesmo que seja coisa insignificante, e depois de tudo deixa de prestar contas por cada cêntimo das mercadorias ao seu senhor, imediatamente é conduzida ao castigo das chicotadas; de modo que para muitas é preferível submeter-se às mais duras tarefas que correr riscos em tão perigosas empresas de comércio.*

Nossa gente, à semelhança dos portugueses, vem adotando o expediente de imprimir em seus escravos, sejam eles homens, mulheres ou crianças, uma marca de identificação posta a ferro em brasa no peito ou no pescoço; em parte para diferenciá-los dos negros livres, mas sobretudo para permitir que, quando se derem à fuga, o que ocorre com freqüência, os capitães-de-mato, postos ao seu encalço, possam de imediato reconhecê-los e capturá-los. Logo, com as mãos postas para trás e amarradas, esses escravos são devolvidos aos seus donos, recebendo os capitães-de-mato uma recompensa fixa, enquanto que aos fugitivos lhes aguarda uma recepção de boas-vindas com bons golpes de açoite.

(O trecho anterior corresponde ao registro particular de Zacharias Wagener das vexações sofridas pelos negros escravos nos engenhos da província. Sua indignação está presente nesses comentários... nos detalhes, na ironia em gotas, na acidez da denúncia...)

Essas, entre outras notas pessoais de Zacharias, foram oportunamente lidas por este, quando de uma reunião com Frans Post e Markgraf. Preparava-se a visita ao quilombo; antes de

empreender viagem àquelas paragens, fazia-se mister compenetrar-se em temas que diziam da idiossincrasia dos ex-escravos negros; precaver-se de possíveis comportamentos adversos; antever cenários...

Atento às circunstâncias passíveis de frustrar a viagem, e particularmente a um detalhe que, a seu ver, escapara a Markgraf quando este sugerira o barqueiro Santos para guia da expedição, Zacharias foi incisivo:

"Reconheço que, como tu dizes, ele tem um mapa da região na cabeça... Porém, recordemos que Luís dos Santos é negro; logo, imaginemo-lo em sua indumentária de viagem... será difícil distingui-lo de um capitão-de-mato... que outro negro estaria assim vestido? ... Teríamos tempo, numa emboscada, de explicar se nos confundem com caçadores de escravos?", perguntou o contramestre, dirigindo-se ao astrônomo.

"Não há de que preocupar-se... Santos tem muita experiência nessas andanças pela província... Fiquem certos de que ele saberá o que fazer...", asseverou, com transcendente convicção, Markgraf.

Para Luís dos Santos, a expedição ao quilombo acarretava-lhe certos inconvenientes. Sua preocupação não era tanto com a de ser recebido quase como um membro a mais da comunidade, condição que, enfim, poderia justificar razoavelmente ante os excursionistas que guiaria na missão; o mais preocupante era que inadvertidamente surgisse, em meio às conversações com os quilombolas, o tema das armas traficadas... Teria de planejar cuidadosamente os artifícios para evitar a menor menção às provas do delito; já lhe atemorizava o suficiente o fato de que o mesmo era do conhecimento de Markgraf. Sabendo-se pendendo de um fio, restava-lhe ser, muito mais do que vinha sendo, pessoa benquista pelos holandeses, tornar-se uma espécie de curinga para os mandões da província; escapar do purgatório em que se havia metido, levado pelas mãos do astrônomo, seu potencial anjo exterminador... ("Aquilo era coisa do sobrenatural... Como, diabos, o astrônomo se inteirou do acontecido? Valha-me, Deus Pai... tive medo até de perguntar...")

19

Depois de preparar os marindji, armadilhas que consistiam em buracos escavados no solo, cheios de estacas de pontas venenosas e tapados ao final com palha e terra, os rapazes do quilombo dividiram-se, como de costume, em dois grupos: os que ficariam à espreita da caça, para atiçar os animais até que caíssem na cilada, e os que aguardariam pelo revezamento na tarefa, aproveitando esse tempo para adestrarem-se nas lutas corporais ensinadas pelos negros originários de Benguela.

(Esses exercícios de ataque e defesa, reunidos sob a denominação de jogo da *caapuera* — termo indígena usado pelos quilombolas por referência ao terreno onde o jogo era praticado, o espaço aberto na floresta mediante queima da vegetação —, eram luta e dança ao mesmo tempo, verdadeiros desenhos feitos no espaço com os corpos humanos em movimento; um jogo cujos limites entre o inofensivo e o letal podiam ser transpostos em um zás!... de pernas riscando o ar, bastando só um pouco mais de contundência e precisão de impacto. Que o digam os capitães-de-mato; para estes não cabia a menor dúvida de que os quilombolas tinham uma arma mortífera no próprio corpo.)

Mais que razoável a explicação dada por Santos a Zacharias e a Frans: contou que tivera, tempos atrás, a oportunidade de entrar no mocambo do Macaco quando, ao regressar do cabo de Santo Agostinho, para onde fora como guia de uma incursão, dessa vez por terra, de Georg Markgraf, o interceptaram e para essa aldeia o levaram. (Era uma história inventada. Markgraf fora sim, umas quantas vezes, ao cabo, mas sempre por mar, bordeando a costa, contudo Santos confiava que o astrônomo apoiaria a versão que, ao menos, era pitoresca e de oportuno encaixe.)

"Shhhhhhh... Creio que já estamos próximos da aldeia...", sussurrou Santos ao avistar os rapazes do quilombo divertindo-se, como vimos há pouco, no jogo acrobático, em uma clareira da mata. Via-os jogando, sem poder ser por eles visto, apesar da pouca distância, graças à cortina formada pelos galhos de um cajueiro cuja folhagem chegava ao chão. Chamou os outros...

"Ali estão... Vossas mercês poderão dizer que estarei louco, mas tivemos sorte de havê-los encontrado...", disse Santos, rindo-se quando Zacharias e Frans entreolharam-se dando de ombros. "... O caminho será muito mais curto que o que faríamos por conta própria; eles conhecem os atalhos ao mocambo..."

"Estás vendo o depois, Santos...", retrucou Frans, "e se antes..."

"Não irão atacar-nos", cortou o barqueiro, "... sairei primeiro e gritarei Kuatuné!... Kuatuné!; isto bastará para que nos recebam em paz..."

Uma hora depois chegaram ao mocambo do Macaco e — tal como acontecera ao astrônomo viajante — os dois mensageiros do futuro souberam que o que exclamara Santos era o nome da princesa malinque.

Passaram a noite no mocambo e assistiram a uma cerimônia da tradição iorubá, o culto aos ancestrais mais remotos de seus clãs africanos, ancestrais venerados como deuses, ou orixás, como os chamavam. Era uma festa com cantos e danças ao ritmo de atabaques, xequeré e agogô, instrumentos de percussão tocados para convocar os orixás, que finalmente manifestavam-se através dos iniciados, usando os corpos e mentes destes para comunicarem seus agrados e desagrados. Segundo a tradição das sociedades secretas egungun e geledê dos iorubá, os orixás possuíam características muito humanas: eram ciumentos, belicosos, temperamentais, generosos, vaidosos. Havia que tratá-los com atenção devota, as oferendas e os sacrifícios como requisitos para se obter a proteção das divindades que controlavam as forças da Natureza: Yemanjá era a deusa dos mares e oceanos, e mãe de todos os orixás; Oxalá, o deus da criação, o orixá que criou os homens; Exu, o mensageiro entre os homens e os orixás, a entidade que possibilitava essa relação; Xangô, deus do trovão e do fogo; Ogum, da guerra, da lavoura e da metalurgia; Oxóssi, da caça; Ossaim, das ervas medicinais e mágicas; Oxum, deusa das águas doces e do amor; Yansã, deusa dos ventos e das tempestades; Oxumaré, deus da chuva e do arco-íris; entre tantos outros, cujas histórias eram transmitidas oralmente como também ritualizadas pelos participantes que os incorporavam nos transes.

As práticas mágico-religiosas de origem iorubá ganhavam adeptos também entre negros originários de outras tribos, e estes, por sua vez, traziam de suas culturas contribuições ao sincretismo místico que se formava no quilombo. Os bantu, por exemplo, traziam o ifá, o jogo de búzios, uma consulta ao oráculo das conchas no qual revelavam o orixá de cada indivíduo e o orientavam na solução de suas aflições. (No ifá, as mensagens dos deuses chegavam por meio de mais de duzentas lendas, algumas delas sendo enunciadas de acordo com a disposição casual que adotavam os búzios ao cair, abertos ou fechados, combinados de par em par.)

Zacharias tomara muitas notas. Nestas, entrando propriamente no assunto que os levara, a ele e a Frans, ao quilombo, comentara sobre o uso do cânhamo, em sua variedade denominada maconha, no ritual dos negros:

Um dos sacerdotes explicou-me que eles fumavam a maconha para propiciar uma abertura por onde algum de seus deuses pudesse penetrar em suas mentes, para a partir daí guiá-los em suas ações até dominá-los por completo; assim era como os orixás transmitiam seus ensinamentos à comunidade.

... escrevera essas palavras pouco depois de terminada a cerimônia na qual observara impressionado um dos participantes retorcendo-se convulsivamente, olhos quase a saltar das órbitas, envolto na densa fumaça da erva entorpecente. A Frans se lhe eram reveladas a profusão de cores nas máscaras, objetos e vestimentas, elementos representativos de todos e cada um dos orixás presentes; uma realidade que certamente desafiaria sua paleta, quando se dispusesse a tentar transpô-la dos esboços às telas...

20

Entretanto, a noite no porto do Recife era pródiga em outro tipo de ritos iniciáticos: o das meninas púberes tornando-se mulheres para fazer do meretrício um meio de vida. Nas bodegas do porto era sempre possível solicitar os serviços sensuais de fêmeas jovens — reserva especial da casa — que desfilavam lânguidas e ardentes diante dos clientes preferenciais de seus, ou suas, proxenetas. As raparigas em flor, as mais cobiçadas porquanto com elas o contato erótico levava os homens ao sonho orgásmico antes que ao pesadelo sifilítico, eram as jóias mais caras da casa alegre de uma polaca chamada Hanka. Esta dama da zona portuária, cujos atributos físicos, diga-se de passagem, permaneciam convidativos às volúpias, conhecia muitos dos ricos senhores de engenho da província, os que uma e outra vez freqüentavam o bordel Warszawa. Prestava-lhes um serviço exclusivo: depois de um cardápio de comidas afrodisíacas, onde se destacava um prato de goiamum ao coco de grande eficácia, chegava às mãos do cavalheiro o cardápio atualizado das meninas disponíveis. Custava uma média de 120 florins (isto era quase duas vezes mais caro que a taxa de enterro no convento do Forte Ernestus, perdoem a intempestiva comparação) uma das comidas de Hanka, as mais especiais: as que estavam entre os 15 e os 18 anos de idade.

Hanka chegara ao Recife em 1625, tinha então a idade de 18 anos, trazida como filha adotiva de uma família judia convertida ao cristianismo, condição imposta à época pelos católicos portugueses, donos absolutos da província. Não demorou muito para que Hanka descobrisse uma outra vida: a prostituição, nas ruas e bodegas do porto. Almejava, no entanto, algo mais ambicioso; não pensava viver como uma reles meretriz, a jovem e bela polaca. Separada da família, mas usando-a como referência para relacionar-se com as damas da aristocracia dos engenhos e da vila de Olinda, a quem visitava sob o pretexto de comércio, levando a domicílio os veludos, tafetás e sedas, entre outros produtos apreciados pelas altas rodas sociais, Hanka cativou amizades. E amores. Ao cabo de dois anos, em que acumulara boa soma de dinheiro, utilizando os dois comércios, o dos finos tecidos e o do corpo, Hanka abria seu estabelecimento, o Warszawa. Perspicaz, a polaca tivera a bondade — disto estavam convencidas as damas do açúcar — de adotar aquelas meninas que por atos consumados, ou prestes a consumar-se, causavam embaraço a certos matrimônios das casas-grandes. A essas negras e mulatas ensinaria como abrir os apetites dos seletos freqüentadores da requintada casa de pasto. Era uma bondade, manifestada de tempos em tempos, que lhe trazia rendimentos no curto prazo; um favor calculado, pois as ditas meninas já desabrochavam nos encantos femininos propícios às luxúrias...

Contrastante com essa falsidade vestida de gentileza, quando levava as vantagens da renovação do elenco de meninas do Warszawa, foi o favor que Hanka certa vez fizera a dona Ana Paes, proprietária do Engenho da Casa Forte: adotou uma das gêmeas nascidas de uma mucama da casa-grande, concordando com a senhora de engenho que, passado algum tempo, voltariam a conversar sobre o tema. A adoção do bebê, de momento, dar-se-ia por ser esta a única forma, esclarecia a senhora, de ter sua negra de confiança em boas condições para as tarefas cotidianas. Ledo engano de dona Ana Paes. De nada lhe valera usar de tal expediente para conservar sob suas ordens senhoriais, e completas exigências, a mucama de sua predileção: poucos meses depois esta fugiria ao lado da filha, a que conservara aos seus cuidados, na mesma noite em que Kuatuné foi levada ao Quilombo dos Palmares.

21

No mocambo do Macaco, Luís dos Santos pensava sobre o que horas atrás tinha visto, na festa dos orixás: "De que modo chegara ali nos Palmares a menina que nessa noite saíra do Orô, o quarto de recolhimento dos iniciados, para ser batizada com sangue de porco na cerimônia?" A pergunta foi feita a Kuatuné...

"Santos, essa menina que viste é a filha de Dendala... quando aqui chegou, era ainda uma criança de colo...". Mal terminou de dizê-lo, Kuatuné lembrou-se de que existia uma irmã gêmea dessa menina e arregalou os olhos...

"Não vais acreditar, Kuatuné... mas há poucos dias cruzei o rio levando no meu barco uma dama polaca acompanhada por uma mulatinha que era a cara... era igual, igualzinha!"

"E quem é essa tal polaca?"

"É a dona do Warszawa, uma casa de pasto do porto... estabelecimento de luxo..."

"A menina que levavas no barco é a irmã gêmea daquela que viste na festa dos orixás, Santos", revelou Kuatuné. "É a primeira notícia, em anos, dessa criança... Dendala nunca perdeu a esperança de tê-la de volta... vai chorar de felicidade quando souber..."

Extratos do Diário do Príncipe
ORBIS BATAVORUM

(...)

No primeiro aniversário de uma batalha memorável...

O lugar: barra de Catuama, província de Pernambuco;

Em números: 41 naus nossas contra 87 deles;
janeiro, 1640;

O agressor: Armada Invencível?... Espanhola,
sob o comando do conde da Torre;

Em defesa: almirante Willem Cornelisz
(nosso reconhecimento pela vitória);

Hic & Nunc... Maurits-Stadt, Nova Holanda.

(12 DE JANEIRO DE 1641)

(...)

Parece-me uma grande e absurda contradição que, enquanto nós aqui em Nova Holanda, no Brasil, fazemos grandes esforços para que nossa digna empresa seja admirada e suscite elogios de muitos pelo mundo afora, em Batavia, na ilha de Java, estejam permitindo que os escravos comprados nas ilhas Celebes ainda tenham de esperar por semanas e meses, amontoados às centenas, em fétidos calabouços, até que sejam embarcados rumo à dita capital... Estarão os holandeses querendo inovar, fundando uma espécie de "Banco Holandês de Escravos das Índias Orientais"?

(7 DE MARÇO DE 1641)

(...)

Que me perdoem os bons amigos portugueses, mas a existência do Quilombo dos Palmares torna imprescindível para as fazendas de Nova Holanda que capturemos São Paulo de Luanda, Benguela e outras posições adjacentes às mencionadas, na costa africana. A esquadra de conquista está em caminho. As ordens são rigorosas, e os homens que estão indo sabem que mais vale que por lá fiquem se não as cumprem...

(28 DE JUNHO DE 1641)

(...)

Boas-novas: não mais hostilidades contra Nova Holanda. Recebo com alegria a notícia de que foi firmado, a 12 de junho do corrente ano de 1641, um Tratado de tréguas pelo tempo de dez anos entre Portugal e Holanda, o que beneficia nossa posição em terras do Brasil. O embaixudor luso Tristão de Mendonça Furtado, por incumbência de S.M. D. João IV, firmou o auspicioso compromisso pela paz, em presença dos senhores deputados das Províncias Unidas de Holanda, em ato solene realizado na residência da viúva e dos herdeiros do mui recordado amigo, heere Jacobson van Wouw.

(15 DE OUTUBRO DE 1641)

22

A única maneira segura de recuperar a menina teria de ser por meio de dona Ana Paes. O plano que seria posto em prática de forma imediata consistia em que Dendala iria direto do mocambo do Macaco ao Engenho da Casa Forte, acompanhada por Santos, Zacharias e Frans, esperando com isto sensibilizar a senhora que tanto a mimava no tempo em que mucama sua tinha sido. Havendo-se passado catorze anos, Dendala não podia pensar outra coisa senão que conseguiria a ajuda de Donana, como costumava por aquele tempo chamá-la...

No caminho, encontraram um capitão-de-mato do Engenho Jaboatão, logo reconhecido por Luís dos Santos:

"Boas-tardes, Josué..."

"Muito boas-tardes, amigos... Estão indo visitar meu senhor?... Acabo de deixá-lo em casa... bateu a canseira em *seu* Servaes; cavalgamos muitas léguas hoje..."

"Servaes Carpentier é o dono dessas terras?", perguntou Zacharias, que conhecia o holandês, proprietário também de outros dois engenhos, o Três Paus e o Tracunhaém de Cima

"Então vossa mercê conhece..."

"Estes senhores que estão comigo são da companhia holandesa, Josué", esclareceu Santos, a tempo de apresentá-los. "... O capitão Zacharias, capitão da guarda do príncipe, e *heere* Frans Post."

"E a dama... Qual é a sua graça?...", adiantou-se Josué.

"É... É uma prima minha... Maria Teresa...", mentiu duplamente Santos, evitando enredar-se em maiores explicações. "Muito trabalho por esses dias, Josué?"

"Atrás de ciganos, Santos... essa praga de gente invade as terras e rouba cavalo, cabra, boi... até escravos os pestilentos carregam com eles!... Uma praga!"

"Eu os conhecia por alegres...", divagou Santos.

"... Alegres ladrões, isto sim!", cortou Josué.

"Vamos seguindo caminho, meu amigo; nosso destino é o Engenho da Casa Forte."

"Que vos acompanhe o bom Deus, amigos..."

À hora do lusco-fusco estavam na porteira do engenho. Um negro velho a abriu, fazendo passar os visitantes chegados em suas três montarias, Dendala na garupa do cavalo conduzido por Santos. Entraram na propriedade, seguidos por uns moleques alvoroçados por fazer carreira com os animais que avançavam em trote marcado. Até a casa-grande.

Dona Ana Paes estava na capela, seu hábito de todos os dias a esta mesma hora, hora de prece, hora do *Angelus*. O sino repicou anunciando as seis da tarde. Santos persignou-se; Dendala fez o mesmo, voltando no tempo numa atitude instintiva, mucama por um instante ao escutar novamente aquele som do bronze.

"Seis da tarde, Dendala... a hora em que o arcanjo Gabriel apareceu à Virgem Maria para anunciar-lhe que seria mãe do Redentor... a hora sublime, Dendala... bom presságio...", murmurou Santos, dando conta a Dendala de sua sensível percepção do momento.

"Oxalá, Santos... oxalá Deus me ajude e ilumine Donana..."

Esperavam no adro, próximos ao cruzeiro de madeira de jacarandá, quando as mucamas saíram da capela, sinal claro de que havia terminado a oração da senhora de engenho. Uma delas aproximou-se das visitas a modo de inteirar-se do propósito das mesmas, voltando outra vez a entrar na capela para dizer "Donana, vossa mercê tem visita, a esperam no adro..." etc. e tal. Finalmente saiu dona Ana Paes, dirigindo-se aos visitantes. Dendala aguardou a certa distância, a emoção com intensidade multiplicada pelo mesmo número com que se contavam os dias que haviam passado desde que a vira da última vez...

"Boas-tardes, cavalheiros... Confesso estar surpresa pela ilustre visita...", saudou dona Ana Paes. "*Heere* Frans Post...

capitão Zacharias Wagener...", estendeu a mão a um e a outro, sendo esta por ambos beijada com respeito e vênia.

"Sinto-me honrado de vir a ter uma vez mais com vossa mercê, senhora... O assunto que nos moveu a visitá-la é de caráter delicado, esperamos tê-la encontrado em pleno desfrute de sossego e tranqüilidade...", disse Zacharias.

"Esteja vossa mercê certo disto... A oração das seis é virtuosa, inunda de paz o espírito... Acompanhem-me", dona Ana Paes dirigiu-se à porta principal da casa-grande, seguida por Frans, enquanto Zacharias acercava-se de onde aguardavam Santos e Dendala para dizer-lhes que, ao que tudo indicava, não haveria demoras para a abordagem do assunto, palpitava bons resultados.

"... que vossa mercê não tome como atrevimento de minha parte, mas peço seu compromisso de segredo; se me foi difícil explicar-lhe como tudo aconteceu e como se deu nosso envolvimento com o assunto, vossa mercê poderá imaginar quão sumário seria um eventual juízo sobre nossas ações... O que dizer ao príncipe e ao Alto Conselho em Maurits-Stadt?...", disse Zacharias, ao terminar de expor o porquê de sua visita.

"Dendala...", pensou em voz alta a senhora da Casa Forte, "... recordo inclusive que passadas as crises de choro que sobrevieram à separação... com a melhor das intenções eu agi, capitão... duas crianças deixá-la-iam exausta...", justificou-se antes de seguir, "... depois da separação esteve quase inconsolável por dias ou talvez semanas, tornou-se muito amiga de outra negra recém-chegada ao engenho, outra jovem mãe com uma criança de colo... Dendala a ensinava a falar português... Até que um dia tive a notícia de que as duas haviam fugido... Muitos escravos fugiram naquela época..."

"Vossa mercê poderia interceder para ter de volta essa filha de Dendala?"

"Seu pedido me comove, capitão... Nunca pensei escutar de um holandês... perdão, quase ia esquecendo que vossa mercê é germano... van Dresden, não é isso, capitão?...", corrigiu-se: "... de um oficial da Compagnie uma demanda tão altruísta...", disse dona Ana Paes, um tanto para pôr à prova Zacharias, oficial da WIC, como tantos que conhecera a senhora de engenho, ela que era duas vezes viúva de oficiais, holandeses ambos, mortos em batalhas.

"Se vossa mercê atribui generosamente tal qualificativo ao pedido que lhe faço... posso entender que decerto o mesmo será um dos valores que acolhe em seu bondoso caráter..."

"O capitão deduziu acertadamente...", sorriu a senhora. "Dê-me tempo. Mandarei alguém de minha confiança em busca de Hanka e da filha de Dendala... A propósito, será vossa mercê o anjo que levará a menina ao quilombo?..."

Veio o anúncio de que Dendala esperava do lado de fora. Dona Ana Paes e Dendala reencontraram-se sob os auspícios da reconciliação, e as mágoas no passado ficaram. A ex-mucama esperaria no engenho, o tempo necessário até ter sua filha de novo entre os braços. Bendita hora.

23

Nada era supérfluo. As obras em Maurits-Stadt, todas elas, eram absolutamente necessárias, considerava o príncipe. Bem assim também o eram suas festas, afinal estas exerciam um claro fascínio na população. Para os que não eram convidados a seus ágapes, o entretenimento consistia em ver desfilar os ricos fidalgos e senhores da província; comentar o fato singular; escutar, do lado de fora, o som das trombetas e o rufar dos tambores; desfrutar da oportunidade de estar a poucos passos dos ritos da alta vida cortesã do Velho Mundo.

Cultivando uma imagem de liberal, homem versado em artes e ciências, o príncipe costumava, nas festas que oferecia, incutir habilmente, entre seus convivas luso-brasileiros, a percepção de ser ele o trigo separado do joio da WIC ou do Alto Conselho — bodes expiatórios utilizados a seu bel-prazer — quando porventura tocavam-se temas mais delicados. Fora o Alto Conselho, segundo Sua Alteza, que impusera restrições ao seu bom amigo, o frei Manuel Calado, que só podia rezar missas em própria residência e com as portas fechadas; fora a WIC, que vira por bem — matizava por cortesia — aumentar o preço mínimo dos escravos nos leilões, "... fiz o que pude no sentido de evitar essa disposição, senhores"; fora o Alto Conselho, que enviara ao degredo — e à execução em alto-mar — os sacerdotes que prestaram assistência aos soldados e oficiais da esquadra luso-espanhola do conde da Torre, rendidos e capturados na batalha da barra de Catuama; fora a WIC que isso, o Alto Conselho que aquilo; ele, o príncipe da Casa de Orange, inatingível, saía incólume das desavenças intestinas.

Ao tomar conhecimento do delicado estado de saúde do cardeal Richelieu, prócer dos destinos de França, o príncipe Johan Maurits ofereceu um banquete em sua intenção e honra. O ato central dessa homenagem seria a leitura do poema panegírico a Sua Eminência o cardeal, composto por Caspar Barlaeus, renomado historiador e professor de moral e lógica em Amsterdam. O poema, que chegara junto com a correspondência e um lote de livros enviados de Holanda, chegava no momento justo, naquele certo sentido de que o príncipe buscava um pretexto para uma nova festa, mas, enfim, os últimos acontecimentos tinham convertido a figura controversial do prelado e estadista francês em aliado, a um só tempo, de holandeses e luso-brasileiros; dos primeiros, efetivamente desde 1635, ano em que declarara guerra à Espanha; dos últimos, desde que apoiara as revoltas que culminaram com a restauração do trono português, fato ocorrido, como foi dito antes, em 1640.

Festa adentro, encontramos o frei Manuel Calado conversando animadamente com um pequeno grupo de comensais, entre estes, *monsieur* Vincent Joachim Soler, serventuário do Santo Evangelho na Igreja Reformada do Brasil, um dos franceses convidados especialmente para a ocasião. Discorriam sobre passagens bíblicas com fluidez livre de sofismas e dogmas, e era o frei Manuel Calado quem agora fazia uso da palavra:

"Quando Noé recebeu ordens do Senhor para construir uma arca e reunir sete pares de cada espécie dos animais limpos e apenas um par de cada espécie dos animais sujos, a fim de salvá-los junto com sua mulher, seus três filhos, Sem, Cam, Jafet, com suas respectivas esposas, da catástrofe do Dilúvio Universal, ele não poderia sequer minimamente suspeitar que estava fadado a superar Adão em dois aspectos: na idade, pois viveria novecentos e cinqüenta anos, vinte a mais que o primeiro homem, e na grande missão de povoar a Terra, finalmente, com homens justos. Depois de muitas gerações que se seguiram ao Dilúvio que varrera da face do planeta os ímpios e pérfidos, aconteceu que os descendentes de cada um dos três filhos do patriarca rumaram a diferentes plagas, espalhando seus vástagos pelos três continentes: os provenientes de Sem ocuparam as terras de Ásia; os de Cam, África; os de Jafet, Europa...", fez uma pausa, olhando solerte ao seu redor, e continuou: "A questão já deve estar bem presente em vossas mentes... Onde estamos?... Onde!?... Sabemos todos: no Novo Mundo... a *Quarta Pars Orbis*, o quarto continente!"; outra pausa, e agora dirigindo-se aos portugueses e brasileiros, de vez que os notava prestes a inquisições que provavelmente tocariam a outras, ou a uma particularmente temível, seguiu: "... Aos católicos que me escutam, vejo-me no dever de esclarecer-vos que não estou a cometer heresia; estas, como outras que levantarei, para nosso desfrute espiritual, são questões a que dediquei muitos dias de preces e meditação, em busca da munificente orientação do Nosso Deus e Senhor."

"Permiti-me complementar, frei Manuel, seguindo vosso raciocínio... um quarto continente... com seres humanos que não descendem de nenhum dos três filhos do patriarca Noé...", disse alguém.

"Mas há quem sustente que os indígenas são desprovidos de alma...", disse outro.

"... No que estaria confessando uma ignorância de pelo menos cem anos!", exclamou o frei. "*Consummatum est*... Na bula *Sublimis Deus*, proclamada por Sua Santidade, o papa Paulo III, em 1537, está escrito que os indígenas são verdadeiramente homens... *Consummatum est*...", disse com veemência apostólica o religioso.

"Os santos remédios de Roma, meu bom frei...", ironizou *monsieur* Soler.

"Nada mais confortador, *monsieur*... A Santa Igreja Católica decidiu que os índios estão plenamente capacitados para receber a luz do Evangelho... porém, sigamos, o diálogo de boa vontade é uma bênção; a questão implícita ainda não foi respondida... Como surgiu o Novo Mundo, o quarto continente?", perguntou o frei Manuel.

"... Tenho uma teoria, senhores", disse Adriaen, "... provém de um sonho que tive, meses atrás. Atento ao que aqui foi dito, recordei de imediato as imagens por mim vistas no sonho e penso que acabo de compreender seu significado... Ponho-o à consideração de suas doutas capacidades de discernimento das coisas do universo... De acordo com esse sonho, a América teria surgido como aquele grande bloco de terra que se separava do que conhecemos como Europa e África; era impressionante o que eu podia ver a milhares de pés de altura... à medida que se desprendiam esses continentes, um grande volume de água penetrava, aumentando progressivamente a fenda... interpreto que tal processo teria dado origem ao oceano que está entre o Novo e o Velho Mundo, oceano que conhecemos pelo nome de *Aethiopicus*... Enfim... uma teoria que acaba de ser produzida, espero que sirva de algo...", disse o cartógrafo, deixando boquiabertos a mais de um.

"Salomônica teoria, *heere* Adriaen", elogiou o frei, "... e com a vantagem de que não vai de todo contra as Sagradas Escrituras. Poder-se-ia admitir que as águas do Dilúvio Universal produziram o grande fenômeno de separação dos continentes... Outorgo um voto de simpatia ao exposto por vossa mercê...", ponderou o frei Manuel, levantando um brinde ao cartógrafo.

"Contudo, o livro do Gênesis não faz qualquer referência ao quarto continente e, por conseguinte, tampouco à raça humana que para ali, ou melhor, aqui, estaria destinada...", disse em tom provocativo Markgraf, e continuou: "Permitam-me contribuir ao debate, introduzindo uma outra perspectiva... não desejaria aferrar-me a tão-somente uma versão de um só livro... Ora, senhores, outros povos também defendem, ante próprios e estranhos, a veracidade e a inspiração divina de suas escrituras sagradas! Porém, não nos distanciemos tanto... Sigamos com o episódio do Dilúvio... em alguns textos hebreus, o cataclisma é narrado com nuanças que discrepam amplamente do que nos diz o texto — proveniente do mesmo povo hebreu! — acolhido por católicos e reformados protestantes... Que pensar? Quais dos escribas eram os genuinamente iluminados? Não tentem responder, seria uma longa discussão... No entanto, roubarei uns instantes mais de seu tempo para relatar-lhes algo ilustrativo... Certo dia, em Stettin, um amigo brindou-me com a leitura de um texto hebreu, onde contam que um gigante, chamado Ha-Palith, havia sobrevivido ao Dilúvio... montado na arca de Noé! ... e que fora ele que salvara a arca de muitas situações de perigo, evitando que esta adernasse, o que conseguia, travando-lhe o balanço com as pernas", terminou o relato, desceu dos dois bancos de madeira — cenário improvisado para sua breve atuação histriônica no papel do gigante — e olhou a todos, com expressão vivaz, "Eis aí uma outra versão da história... e outras mais deve haver! O certo é que só poderemos saber que tal ou qual versão é a mais iluminada à medida que os homens de ciências desenvolvam mais e mais suas explicações sobre nosso universo, confirmando, ou não, os textos sagrados", pontificou o astrônomo.

Apesar dos esforços de Markgraf para instalar uma nova polêmica, ninguém embarcaria nessa arca, menos quando visto estava que Ha-Palith já havia aumentado consideravelmente o peso da mesma; os silvícolas americanos permaneceriam, por enquanto, sem paternidade esclarecida; e as amenidades voltariam a ser a tônica das conversas depois que *monsieur* Soler tomou a palavra:

"Deixemos de lado esses pequenos detalhes... Muito tempo teremos na eternidade dos Céus para informarmo-nos dos desígnios divinos por fonte fidedigna... ninguém menos que o próprio Criador do universo...", disse o francês, causando risos entre os circunstantes.

A noite da homenagem ao cardeal Richelieu, entre vivas a Sua Eminência e ao reino que governava, pertencera aos súditos de França, e fortuitamente para um deles propiciara certos momentos de privacidade nos aposentos do príncipe, em sua companhia; o parceiro, um oficial francês, porventura um convidado mais especial que os demais, *primus inter pares*, guardara toda a discrição que o caso exigia, e como sucede amiúde nos encontros efêmeros, acabara deixando talvez uma certa fragrância, não bem assim seu nome, mero acessório nos assuntos de alcova...

O fugaz encontro privado que, de transcender, houvesse gerado intolerâncias e não raro hipocrisias, dada sua natureza proibitiva pelos cânones sociais e religiosos, era para o príncipe simplesmente um ato que encerrava sua compreensão profunda e sublime do espírito grego; justificaria — o que nunca era necessário, pois não haveria a quem ou por que fazê-lo — seu comportamento na intimidade, como uma compreensão mui particular da doutrina difundida no Jardim de Epicuro, a escola do iluminista grego da Antiguidade. O príncipe encontrava em

Epicuro um baluarte da defesa de uma eleição radical dos prazeres de acordo com a necessidade do indivíduo, e da satisfação de seus desejos naturais como um meio para alcançar o supremo bem espiritual; coincidia, portanto, em linhas gerais, com o mais fiel seguidor do filósofo, discordando, contudo, do desprezo epicurista à religião, desta em absoluto podia prescindir; tomava um pouco de Calvino, um outro tanto de Epicuro: assim Sua Alteza fertilizava o jardim de sua vida.

A reflexão anterior bem poderia estar sendo feita pelo príncipe Johan Maurits, quando, na manhã seguinte, tomava o desjejum em companhia do arquiteto Pieter Post, justamente para discutir detalhes sobre o jardim do palácio de Vrijburg. Sua Alteza exigia do arquiteto o que de melhor este pudesse dar em graça e arte para as novas obras a seu encargo. O rigor geométrico; o diálogo das formas e volumes; o ritmo na disposição espacial dos elementos arquiteturais e paisagísticos; a sinfonia dos perfumes exalados por espécies distribuídas como naipes de orquestra, cada qual tocando suas notas aromáticas, com o fim de embevecer aos passantes no trajeto que deve culminar no Vrijburg, o *grand finale* da composição: esta era a visão do príncipe, a de um esplêndido vergel. Para a execução deste sonho, Pieter Post contava com a colaboração de Willem Piso e Georg Markgraf, consultores em botânica, cujos critérios acrescentavam ao projeto de embelezamento urbano um caráter de serventia a estudos científicos sobre a flora americana. Avançavam as obras, era a boa notícia. No café matinal, tomaram-se decisões importantes: o príncipe solicitara ao arquiteto Post que estudasse as novas proporções das duas torres do palácio, queria-as de maior altura, de modo que, em uma delas, pudesse ser instalado um farol de sinalização aos navegantes; concordaram no redimensionamento de algumas sendas, por previsível maior ou menor uso destas em função de seus atrativos; relocalizar-se-iam uns quantos coqueiros, melhorando um espaço para concentrações cívicas.

Quando terminavam essa refeição matinal, aparece Nieuhof; trazia uma novidade:

"Estimados Johan e Pieter... Depois dos bons vinhos da noite passada, nada melhor do que o que vos trago... um néctar! Provado e aprovado por este que vos fala...", disse o escritor, terminando o curioso anúncio com uma vênia aos amigos.

"*Qu'est-ce qu'apportez-vous, mon ami?* Terá de ser algo melhor que o chá de camomila... que, aliás, já tomamos... e foram exatamente duas xícaras, cada um de nós...", preveniu o príncipe.

"Melhor... muito melhor!... Sirvam-se de café, senhores, até um pouco mais da metade da xícara", disse, entre misterioso e divertido, Nieuhof. Sua Alteza e o arquiteto seguiram as instruções. "Agora, concedam-me a honra de servi-los...", tomou um dos bules à mesa, verificou seu conteúdo e serviu as duas xícaras...

"Leite?...", surpreendeu-se o príncipe, nem bem Nieuhof terminara de servir a Pieter.

"Ainda há pouco, sim...", disse em tom debochado Nieuhof, "... agora já é café com leite, Alteza!"

"Deve ser coisa do Willem Piso...", arriscou Pieter Post.

"Willem saberá de ervas indígenas, meu caro arquiteto... Esta industriosa bebida que vos apresento, modéstia à parte, é criação minha...", afirmou categórico Nieuhof. "... Vamos, sirvam-se de açúcar a gosto e provem..."

"... E não provocará cólicas? Ando delicado do trato intestinal...", resistiu o príncipe.

"Ora, Alteza... trata-se de um excelente tônico!", exclamou o escritor. "Assim como os chineses, há séculos, inventaram o chá com leite, vosso amigo inventou o café com leite, uma saborosa bebida tropical!"

Convencidos, os dois provaram a mistura.

"Hmmm...", Sua Alteza levou breves instantes na degustação. "*Superbe!*", aprovou finalmente o príncipe, usando uma expressão de júbilo do francês que não lhe saía da mente desde a passada noite; era um belo idioma...

Extratos do Diário do Príncipe

LABORES URBANOS

(...)

O canal no meio do rio, entre a ilha de Antônio Vaz (Maurits-Stadt) e o porto do Recife, tem uma profundidade de aproximadamente 14 pés na baixa-mar e chega aos 23 pés na maré cheia.

Comprovada a estabilidade do pilar construído de experiência no leito do rio: verificou-se, ao longo de três anos, que resistiu satisfatoriamente ao fluxo das marés e, nota recente, passou a prova das fortes correntezas na cheia de agosto.

A ponte do Recife começa a ser construída, os primeiros pilares de alvenaria já estão sendo levantados.

Recursos previstos e autorizados pela West-Indische Compagnie: 240.000 florins.

(10 DE OUTUBRO DE 1641)

24

Com muita sagacidade, dona Ana Paes conseguira fazer com que Hanka cedesse ao seu pedido e devolvesse a filha de Dendala. A conversa, que começara com o plausível argumento de que havia prometido à sua mucama que teria de volta sua filha quando esta contasse com 15 anos de idade, e que nessa oportunidade também ser-lhes-ia concedido o privilégio da alforria, só encaminhou-se ao desenlace que antecipamos quando, a certa altura, ao escutar evasivas insensíveis da dama do

Warszawa, dona Ana Paes passara a mencionar, tranqüila e serena, um por um os nomes dos senhores de engenho que alguma, ou algumas vezes, contribuíram de forma importante para a prosperidade da polaca; suposições com pouca margem de erro: movimento bem dirigido, cerebral... Em seguida, para não deixar ponto sem nó, dissera que pediria, se necessário fosse, que os respeitáveis senhores intercedessem junto a Hanka, para que a menina fosse devolvida à sua mãe legítima. ... Xeque-mate: na semana do Natal, Dendala regressava aos Palmares com Maria, este era o nome que Hanka pusera à menina, nome que, com todo gosto, seria mantido pela ex-escrava sua mãe, pois que só podia ser coisa do destino, uma graça divina, realização completa do bom presságio sentido por Luís dos Santos.

25

Eu sempre começava visitando seus olhos, eles me contavam maravilhosas fábulas; as mãos sugeriam os caminhos felizes, *as rotas para a descoberta dos muitos encantos da viagem, e eu só desejava navegar; quando seus lábios me entregaram um sorriso, eu aprendi mais sobre o que de verdadeiramente precioso existe neste mundo, e beijei-a...*

O romance de Adriaen com Constance tornava-se ardente como o sol de verão em Pernambuco e começava a se refletir em escritos apaixonados no diário do cartógrafo. Seus encontros, no princípio às vistas do *Velho* O'Connor, iam pouco a pouco se transladando ao quarto dos vinhos... Era ali, furtivamente — o desejo e a sofreguidão fazendo-os por vezes cometer negligências que complicar-lhes-iam o idílio se surpreendidos pelos empregados da taberna —, onde os enamorados se davam às intensas trocas de carícias; ali entregavam-se inteiros os que já eram, no dizer de Adriaen,

> (...) *amantes em pleno congraçamento dos sentidos, parceiros de um pecado cada vez mais original em seu feitio, seres enlevados pela alquimia do amor.*

26

Enquanto estávamos ocupados com outros acontecimentos, mais relatos de viagens antimateriais de Markgraf tinham sido recolhidos pelo cartógrafo...

Relato 2 : outubro de 1641
Lugar e ano de destino: Weil der Stadt, 1620

"Do matemático muitos sabem; seu talento começara a ser reconhecido quando o grande Tycho Brahe[1] *o convidou a Praga,*

isto foi no ano de 1600, a fim de que o ajudasse em suas observações, calculando órbitas planetárias; um ano depois, morria Tycho e ele o sucedia no cargo de matemático do imperador Rudolph II [2]*; ...Da leitura de um seu trabalho intitulado* De Vero Anno quo Aeternus Dei Filius Humanam Nature in Utero Benedictae Virginis Mariae Assumpsit[3], *no qual demonstrava que Jesus Cristo teria nascido quatro anos antes do que supõe o calendário cristão, se me apresentara sua faceta de homem de fé, ou como talvez o próprio preferisse, homem de profundas convicções metafísicas... Do astrônomo, julgo desnecessário falar... foi quem introduzira a física no estudo do cosmos celestial! Mas, creiam-me, terminei por descobrir uma faceta deveras insólita, casual e compulsória, a bem da verdade, desse homem, na viagem que apresto-me a narrar... uma viagem no tempo!, quando encontrei e pude ver atuar de advogado defensor de uma mulher, ninguém menos que sua própria mãe, acusada de ser uma bruxa, ao ilustre e renomado matemático e astrônomo Johannes Kepler...*[4]

Finalmente, conto-lhes como sucedeu... Seriam por volta das onze da noite, eu estava no observatório, voltando às minhas estrelas logo de quase um mês de levantamento cartográfico da costa. Regressava da ilha de Itamaracá,[5] *do Forte Orange,*[6] *para ser mais preciso. Adormeci de cansado. Quando escapei do corpo material, à medida que me elevava às alturas das nuvens, apreciava como as edificações iam desaparecendo ante meus olhos, obedecendo a uma seqüência que, ao parecer, era um movimento retroativo: começava pelo construído em anos mais recentes, e assim, sucessivamente, rapidamente!... Sumiam... meu observatório, a casa do príncipe e outras tantas da West-Indische Compagnie, as muralhas do Forte Ernestus...*[7]

Foi o primeiro sinal que tive de que retrocedia no tempo... Experimentei em seguida uma repentina sucção, visualizei um encadeamento de cores, as cores do arco-íris uma a uma, até o branco absoluto onde aos poucos foi surgindo, ganhando paulatinamente nitidez, a paisagem da Floresta Negra na Swabia... o Reno... Liberto das sensações inquietantes de há pouco, via-me em pleno e prazenteiro vôo. Como fui parar em Weil der Stadt?... Obtive a resposta ao recordar o que me ocorrera em 1636 quando por aqui estive... um cigano da Silésia leu-me as cartas do Tarot[8] *e, ao terminar, me disse, mais ou menos com estas palavras: 'Algum dia regressarás proveniente do sul aos trinta e um, porém não tentes seguir mais ao norte, pois, se te encontrares aos dez, um distúrbio universal provocarás...' Agora posso entender a mensagem enigmática: contava eu com 31 anos de idade quando parti da América Meridional nessa viagem imaterial no tempo e... nesse ano de 1620, eu era um menino de 10 anos vivendo em Liebstadt, Saxônia!... Claro que não ousaria desobedecer ao cigano, pondo em risco a ordem cósmica por alguma insana curiosidade de encontrar 'mais ao norte' a mim mesmo..." (Markgraf contou-me que depois soubera que o maior temor não era de que ele, viajante chegado do futuro, chegasse a ver-se, senão que fosse visto por si mesmo, enquanto vivente no passado; mas era um risco, de uma ou de outra forma...) "... Teria de ser por alguma causa interessante o meu regresso; e como já antecipei o que vim a presenciar, ingressamos no objeto primordial deste relato esclarecendo que, dada minha impossibilidade de tomar notas,* in situ, *do que vi e escutei, e confessando não possuir prodigiosa memória que me permita reproduzir literalmente os testemunhos e discursos escutados durante o julgamento da senhora mãe do astrônomo Kepler, buscarei cingir-me ao que se me ficou gravado, acaso os momentos mais relevantes e cruciais da acusação e da defesa, no último dia de audiência do tribunal; perdoem-me, ainda pelas mesmas razões mencionadas, se omito alguns dos nomes dos que disseram isso ou aquilo...*

Pois bem; na hora que cheguei, um reverendo, que suponho devia ser o principal da acusação, perguntava a Kepler — ouvir este nome foi motivo mais que suficiente para que eu ali continuasse — por que ele insistia que aquela mulher padecia de enfermidade mental, quando tantos que a haviam visto em atitudes estranhas, pronunciando vitupérios e em convulsões incontroláveis, não encontravam termo de comparação com o que se comentava acerca do comportamento de pessoas consideradas loucas... Ao que o astrônomo respondeu que suas razões estavam no próprio lar que tivera; explicou que sabia bem o que significava conviver com a promiscuidade espiritual no próprio ambiente familiar, onde seu pai, um soldado rude e dissoluto, habitualmente estava em violentas discussões com sua mãe, porventura, ou por desventura, mulher de conduta não menos execrável... e concluiu sua resposta dizendo que nunca se explicara a si mesmo como sobrevivera àquele pernicioso lugar que era sua própria casa, lugar — enfatizou ao público presente — adequado, como poucos, para o cultivo de seres alienados... Claro que tal testemunho, evidentemente sincero por tratar-se de um retrato tão pessoal de um filho, por certo o mais célebre, desse burgo da Swabia, que havia sido o Matemático Imperial da corte de Praga, repercutiu em favor da acusada, mas um dos assistentes, duvidando ainda da tese defendida por Kepler de uma suposta loucura de sua mãe, provocou o astrônomo dizendo que não bastava tentar comover o honorável corpo de jurados e conclamou os demais presentes a que dessem sugestões sobre como pôr à prova a acusada, de tal maneira a estabelecer se esta sofria da cabeça ou se teria de ser executada por ser um instrumento de Belzebu para disseminar seus propósitos malignos na comunidade... Um certo reverendo Weber, de Strassburg, pediu a palavra e propôs que a submetessem à mesma prova a que trinta anos atrás fora submetida em uma aldeia francesa uma mulher de nome Martha Brossier, se mal não recordo, acusada igualmente de estar possuída pelo demônio e de praticar bruxarias... contou que no seu julgamento, realizado por católicos da região, colocaram diante da ré duas bacias, com água ambas, só que uma continha água comum enquanto a outra, água-benta... Pois não é que buscavam ao príncipe das trevas? Queriam ver se Satanás, Moloch, Astartê, Belzebu e quantos nomes mais, tinha-se apropriado da jovem; a água-benta denunciaria a presença do maligno, segundo diziam, porque, ao contato com esta, a possuída sentir-se-ia como se seu corpo estivesse queimando no fogo mais vivo... O reverendo interrompeu aí sua proposição, por todos ouvida atentamente, para aproximar-se dos jurados... eu o acompanhei para inteirar-me do que ele iria dizer que o público presente, o próprio Kepler e a acusada não poderiam saber, e o detalhe confidencial era que, assim como fizeram com a dita Martha, à mulher que ali estava diriam que uma água era a outra e vice-versa: seria um engano à acusada e praticamente definiria se esta iria a um manicômio ou ao patíbulo... Depois de uma pausa para as providências necessárias, ali estavam as bacias, ali estava a acusada; um dos juízes levanta uma bacia e anuncia seu conteúdo,

'... água, senhores, simples e comum água de rio!', e a derrama sobre a cabeça da mulher... nenhuma reação, tirante aquela que se espera de quem é repentinamente molhado, claro; quem levanta a outra bacia com 'água-benta!...' — que não é tal, como sabemos — é o principal da acusação; anúncio feito, ele derrama a água... a cena que segue é de uma horrorizada mulher aos gritos, amaldiçoando a todos com um palavreado repleto de impropérios, dando saltos e agitando os braços, revirando os olhos... Eu alternava entre assistir ao, digamos, convincente espetáculo de possessão demoníaca — senti-me confundido, mesmo sabendo que haviam urdido um engano! — e observar o astrônomo Johannes Kepler, que por aquele miserável instante convertia-se, com todo o desconcerto que se possa imaginar que cause semelhante título, em advogado de bruxa... O desolado e constrangido Kepler disse então que sua mãe tinha assimilado a sugestão, e tudo era impostura e desvario; olhava cada um dos juízes e repetia: 'Loucura, honoráveis... Loucura... Esta mulher precisa de cuidados médicos, não de uma corda no pescoço! Menosprezaremos o que sobre casos como este disseram doutores tão ilustres como Paracelsus[9] e John Wier, de Clèves?...'[10], até que por fim anunciaram que se havia produzido uma farsa. Seguiram-se outras provas, sugeridas pelos mais desconfiados das espertezas e artimanhas do diabo, entretanto os resultados só fizeram confirmar a tese da defesa de que a pobre mulher estava realmente transtornada... Escutei o veredicto do difícil caso — caso médico, reconheceu finalmente o tribunal — e apressei-me em deixar o local do julgamento; pensava que talvez — pois nunca sabia quanto durariam essas minhas viagens — tivesse tempo de dar umas voltas pelo vilarejo, quando, ao meter-me

entre o público que também se retirava, divertindo-me com o fato de não poder ser visto, notei que alguém vinha em minha direção, em passos decididos. '... O cigano do Tarot!', reconheci-o nesse instante... e ele podia ver-me!... Deteve-se diante de mim, abriu um sorriso e me disse: 'Missão cumprida, amigo meu... acabas de confirmar que esta é a tua carta...', entre o polegar e o indicador sujeitava um dos arcanos maiores, 'A Morte'...[11] *Foi a última coisa que vi nesta viagem no tempo."*

Notas ao Relato 2:

1. Astrônomo dinamarquês, interessado também em alquimia; concebeu e construiu novos e mui precisos instrumentos para observação e estudo do cosmos; a convite do rei Frederick II, da Dinamarca, fundou o observatório astronômico Uraniburg, na ilha de Hveen, em 1576; ocupou de 1599 a 1601, ano de sua morte, o cargo de Matemático Imperial na corte do imperador Rudolph II, da Germânia; propôs um novo modelo explicativo dos movimentos planetários, reunindo neste as contribuições anteriormente feitas por Ptolomeo e Copernicus; descobriu a nova estrela da constelação de Cassiopeia; descobriu e explicou um certo número de anomalias orbitais da Lua;

2. Nobre da família Habsburg; instalou sua corte em Praga, na Bohemia. Foi imperador da Germânia; rei de Hungria e da Bohemia; generoso patrono das artes e ciências; amante da astronomia e da alquimia;

3. Do Verdadeiro Ano em que o Filho de Deus Feito Homem Nasceu do Útero da Bendita Virgem Maria (publicada em idioma germânico em 1613; versão ampliada, em latim, 1614);

4. Matemático e astrônomo; descobriu, em 1609, que os planetas se movem descrevendo órbitas elípticas que têm o sol em um de seus focos; entusiasta do modelo do sistema planetário proposto por Copernicus; autor de obras importantes: Astronomia pars Optica *(A parte óptica da Astronomia), 1604;* De Stella Nova *(Sobre a nova estrela), 1606;* Astronomia Nova *(Nova Astronomia), 1609;* Dissertatio cum Nuncio Sidereo *(Diálogo com o Mensageiro Sideral), escrita e publicada em 1610, trata-se de uma longa carta de apoio às descobertas realizadas por Galileo Galilei;* Narratio de Observatis Quatuor Jovis Satellitibus *(Descrição sobre quatro satélites de Júpiter observados), 1610;* Dioptrice *(Dioptria), 1611;* Epitome Astronomiae Copernicana *(Sinopse da Astronomia de Copernicus), 1617-1621;* Harmonice Mundi *(Harmonia do mundo), 1619;* Tabulae Rudolphinae *(Tabela Rudolphina), 1627; foi Matemático Imperial da corte de Rudolph II, de 1601 a 1612;*

5. Situada ao norte de Maurits-Stadt, acolá da vila de Olinda;

6. Reduto construído pela West-Indische Compagnie (WIC), em 1631;

7. Reduto construído pela WIC entre 1630 e 1631, no mesmo sítio onde antes já existia um convento de franciscanos, que foi preservado para uso das tropas; está situado na ilha de Antônio Vaz, ou Maurits-Stadt;

8. Oráculo de origem antiga que consiste em um conjunto de 78 cartas, entre as quais 22 correspondem a figuras denominadas arcanos maiores, e 56 a signos numéricos, os arcanos menores; com algumas variações, foi adotado por povos os mais diversos: egípcios, assírios, babilônios, caldeus, hebreus, ciganos etc.; seu sistema de predições e orientação sobre os caminhos da existência está relacionado com a sagrada Qabbalah*; a consulta divinatória é praticada mediante a observação de preceitos reflexivos, estéticos e intuitivos;*

9. Renomado médico e alquimista; autor de diversos tratados filosóficos e práticos; uma das primeiras vozes que se levantaram com argumentos científicos para explicar que eram as doenças mentais o que estava na origem das manifestações ditas demoníacas; postulava uma atitude benevolente ante indivíduos considerados sob a influência do maligno, para ele nada mais que casos possíveis de serem curados mediante tratamento médico;

10. Médico que assumiu uma corajosa atitude ao retomar a linha de pensamento de Paracelsus, quando esta se encontrava praticamente enterrada pelas pressões dos poderes eclesiásticos;

11. Dos arcanos maiores, o de número 13; carta que significa a profunda transformação do indivíduo que se libera das velhas formas de sua personalidade para evoluir a uma nova e mais ampla orientação do ser; representa o final de uma etapa e o despontar da seguinte; o corte drástico de uma situação; Renovação; Regeneração; Advento de um processo evolutivo.

Relato 3: novembro de 1641
Lugar e ano de destino: Recife, 1641

"Já não estava tão confiante de que não poderia ser visto... O que me aconteceu em Weil der Stadt deixou-me assim um tanto inquieto, mas o fato em si, digo, o de ter sido visto, não era absolutamente novo; em algumas viagens anteriores, experi-

mentara uma que outra vez a sensação de que me tornava visível para certas pessoas: um olhar que alguém fugazmente me dirigia, seguido por uma expressão de surpresa — certamente porque nesse preciso instante desfazia-se a visibilidade —, demonstrava que sim, era possível, compreendo agora que não teria sido uma mera sensação, e a maior confirmação disto, a maior evidência, obtive quando fiquei frente a frente com o cigano... ele não só foi capaz de ver-me como também de falar comigo!... e mostrou-me a carta do Tarot!... cada palavra que ele me disse faz sentido: com o antes, com o agora e por que não crer que também o fará com o que virá?... 'Acabas de confirmar que esta é a tua carta...', ele me disse; e o arcano maior trazia a mensagem de que desponta a aurora de uma evolução profunda em mim... Poderia significar, entre outras coisas, que eu começaria a decidir sobre em que momento conviria aparecer para alguém durante minhas viagens antimateriais e, melhor ainda, a agir com todas as minhas capacidades físicas, enfim, materializar-me quando julgasse necessário? De ser assim, teria eu a mesma aparência do corpo material que abandonara para realizar a viagem? O que sei de momento — tentarei desemaranhar-me desse novelo de dimensões cósmicas — é que o cigano que me conheceu em 1636 voltou a ver-me, isto é, me reconheceu, em 1620!... Ficando claro, com esse episódio, que era possível conservar minha aparência, quando em estado antimaterial me encontrasse, concentro-me então nas seguintes questões, não menos complicadas: ... E se me encontro na possibilidade de materializar-me, poderia reconstituir meu corpo? Ou teria de ocupar um outro? Poderia escolher, em assim sendo, que outro corpo ocupar? Eram muitas incógnitas; entretanto, deixemo-las de um lado por enquanto; quero contar-lhes de uma viagem que me levou ao porto do Recife...[1]

'Mattias... Mattias! Não vás a dormir logo agora que a noite começa, amigo!', escutei uma voz que aos poucos tornava-se mais presente, e seguidamente senti que alguém fazia esforço para levantar-me... e abri os olhos... o soldado olhava para mim, '... queres que os da ronda te encontrem nesse estado? Vamos, tomarás um chá e serás outro homem... vamos!' ... Foi então que percebi que havia entrado no corpo de um soldado da Compagnie *em completo estado de embriaguês; o parceiro colocou meu braço sobre seu ombro e abraçou-me pela cintura, levando-me a uma bodega, logo soube, chamada* Estrela Polar; *permaneci calado todo o tempo, resolvi encarar com bom humor a situação, pois meu amigo havia encontrado outros parceiros de bebida e a conversa ficava interessante, o vinho soltando as línguas e facilitando o eufórico dialeto que unia em camaradagem indivíduos de origem diversa... Um começou a contar a conhecida história da viagem empreendida, havia setecentos anos, por um monge católico, de nome São Brandão*[2]*; no final, entusiasmou os companheiros, dizendo que acreditava que o monge peregrino dos sete mares teria desembarcado nestas terras de Pernambuco; havia muitas coincidências, dizia ele, com o que ouvira de pescadores sobre serpentes marinhas e polvos gigantescos que visitavam estas costas, além do que, se é certo que chegou ao paraíso, que outro seria senão este solo em que pisamos? — indagou aos ouvintes. Alguém retrucou que ou a história estava incompleta ou era de se lamentar que o melhor do paraíso não tivesse sido dado a conhecer ao monge navegante naqueles tempos idos... e esperou o silêncio de todos para rematar:*

'... pois, amigos, o melhor não foi mencionado: as mulatas![3] *... ou será que o paraíso vem sendo aperfeiçoado por Deus à medida que os tempos avançam?' Entre as risadas da animada mesa, um outro levantou um viva, respeitoso dentro do possível em semelhante ambiente de troças e galhofas, ao 'Supremo criador dessas criaturas angelicais que trazem na pele as tonalidades do ébano e do ouro em fusão perfeita!'; assim, sem maiores pudores, divertia-se a soldadesca; meu amigo, de quem já escutara o nome, chamava-se Bert, resolveu então ressuscitar-me — decerto pensaria nestes termos já que eu mantinha meus olhos fechados, dissimulando estar mais morto que vivo — e orquestrou os pedidos gerais para que eu contasse alguma coisa... eu, que mais ou menos esperava dar-se tal situação, já tinha uma história, ou uma meia história inventada enquanto dormitava, o que não fazia a menor diferença, qualquer coisa valia como um pretexto a mais para a bebedeira entre parceiros de folga... Com a maior desfaçatez, larguei o conto: 'Eu tinha doze anos quando um tio meu, tio Nikolaas, contou-me acerca de um velho, de nome Panimphasis, que se autoproclamava ser um descendente de Oanes,*[4] *'o sábio que havia milênios ensinara a escritura, as técnicas de construção de casas e templos e métodos de cultivo, entre outras artes, aos homens de antes do Grande Dilúvio'. Certa feita, Panimphasis, que se tornara grande amigo do meu tio, o convidou a realizar uma viagem, um périplo sideral! Com tudo disposto, deixaram Amsterdam ao clarear a manhã do dia combinado para a insólita excursão, e logo de mais de uma hora de terem visto as últimas casas dos arredores, detiveram-se a fim de, de acordo ao explicado por Panimphasis, tomar o licor denominado* Preludium, *cuja finalidade era propiciar o relaxamento*

absoluto seguido de sono profundo, exigência dos seres que viriam buscá-los... o aroma daquele licor seria sentido pelos tais seres, estivessem onde estivessem!, e a estes atrairia ao exato lugar onde se encontravam meu tio e o velho... Tio Nikolaas deu por si já dentro de uma sala de paredes curvas que formavam uma superfície una com o teto, um salão com muitas esferas luminosas, algumas emitindo clarões intermitentes de cores várias; havia um grande vidro através do qual se podia ver a paisagem exterior: estrelas, muitas, milhares!... Encontrava-se no interior de uma nave que voava... flutuava, com grande velocidade, através da imensidão dos céus! O velho Panimphasis falava a mesma língua dos estranhos seres... Segundo meu tio, eram criaturas de braços longos; usavam vestimenta brilhante bem ajustada ao corpo; tinham envoltas suas cabeças com um capuz; e cada vez que falavam, dos orifícios dos olhos saíam fachos de luz... Panimphasis, atuando como intérprete entre os viajantes e tio Nikolaas, começou por dizer que viajavam a bordo de uma nave esférica impulsionada pela luz de certos cristais encontrados no planeta Júpiter por aqueles viajantes siderais; os cristais tinham sido extraídos de uma imensa rocha que emitia raios de luz a intervalos regulares, variando a direção de cada um desses raios. Estudaram, classificaram e catalogaram, durante anos, cada um desses raios, tendo desenvolvido para esse fim um artefato capaz de determinar as distâncias e localizações de muitos planetas e estrelas e indicar exatamente a luz que permitiria ir e voltar deste ou daquele corpo celestial: descobriram, afinal, que esses inúmeros raios de luz concentrada, e decerto poderosamente espiritualizada!, eram, ao mesmo tempo, rota de navegação, astrolábio e vento em vela, inclusive, posto que também na luz se achava a força motriz das naves, força esta que facilitaria a que se lançassem em aventuras por mundos mais longínquos... Compuseram um grande mapa do cosmos! Panimphasis tratava, dizia meu tio, de usar palavras compreensíveis, teria desejado — ser-lhe-ia mais fácil e cômodo — usar os nomes das coisas tal como estavam sistematizadas na civilização a que pertenciam os navegantes cósmicos, discorrer com maior fluidez sobre as concepções inerentes àquele distante mundo, contudo se via obrigado a esforçar-se em comparações possíveis de serem captadas por tio Nikolaas, pois de outra forma, de que adiantaria?... 'Tudo era absolutamente novo, os nomes, as palavras, as teorias, a parafernália... tudo pertencia a uma ciência ainda inalcançável porque impensável para nossa humanidade!', ponderava tio Nikolaas. Com esse meio de transporte baseado na emissão de luz, e com o auxílio de uma ampla cartografia de centenas de sistemas planetários, esses seres organizaram frotas que estão a cumprir missões em distintos pontos do universo, visitando mundos e constelações... 'Na Terra...', revelou Panimphasis, '... esses navegantes cósmicos estão presentes com sete naves!' (...) E aí, novamente, o corte brusco e volto a dirigir-me ao gentil leitor, em circunstâncias de eu mesmo tão-somente, vosso amigo Markgraf, para dizer-vos que abandonei Mattias, a quem devo ser grato mesmo sem ter podido conhecê-lo — estarei sendo paradoxal, jamais irônico — justo quando meus parceiros estavam mais atentos à narrativa fantástica que lhes proporcionava... Voltando ao meu próprio corpo, permaneci ainda por algum tempo meditando sobre a viagem... minha viagem antimaterial, para ser mais claro. Então, talvez dependesse de que algum corpo estivesse debilitado, diminuído de sua essência, corrompido em sua anima, *para que eu conseguisse materializar-me, injetando-lhe novo sopro?... No caso de Mattias foi assim, mas deveras espero que existam outros meios, pois a ressaca do vinho — não faço a menor idéia de como essa deletéria sucessora da euforia transpusera o plano antimaterial, ao meu regresso — sobreveio implacável...”*

Notas ao Relato 3:

1. Burgo de vida essencialmente ligada às atividades comerciais e marítimas; está situado no extremo meridional do istmo de Olinda, na província de Pernambuco, no Brasil, ocupada pelas forças holandesas patrocinadas pela WIC, desde 1630; nesta zona portuária funciona o Alto Conselho de Nova Holanda, em meio a um conjunto edilício formado por armazéns de açúcar, pau-brasil, âmbar, tabaco, entre outros gêneros; depósitos, alfândega, oficinas de negociantes e de senhores de engenho, tabernas, lupanares, estabelecimentos comerciais de tecidos, especiarias, tapetes, jóias; uma ermida, uma sinagoga, estaleiros de construção e reparação de barcos, o Forte de Bruyn e outros redutos menores; a oeste, cruzando um braço do rio Capibaribe, chega-se a Maurits-Stadt, na ilha de Antônio Vaz;

2. Obra literária escrita no século X: Navigatio Sancti Brendani*; possui duas versões, em verso e em prosa, ambas mui populares; nessa antiga fábula irlandesa cristianizada, conta-se que o dito monge navegou junto com dezessete outros religiosos, partindo da Irlanda em busca do paraíso. Viajaram ao longo de sete anos descobrindo muitas maravilhas nas diferentes ilhas que visitaram: árvores encantadas, dragões, serpentes gigantescas, e* *deparando-se com mistérios e perigos dos quais escaparam airosos mercê de suas devoções como autênticos homens de fé e piedade. O périplo termina com a glória e a recompensa do paraíso, onde finalmente chegam graças à bondosa intervenção de um mensageiro de Deus;*

3. Plural de mulata: indivíduo do sexo feminino, mestiço nascido da união carnal entre um indivíduo de tez branca, originário de Europa, e outro de tez negra, proveniente de África;

4. Mencionado por Markgraf-Mattias em sua ficção, Oanes é, até onde sabemos, o único de seus personagens que é tomado emprestado de referências, por assim dizer, históricas: trata-se de um estranho ser aparecido na Babilônia que, segundo conta a lenda original, tinha o corpo semelhante ao de um peixe, pés humanos e debaixo de sua cabeça de peixe, uma outra cabeça; Oanes, ainda segundo a mesma lenda, era originário da Pérsia.

27

Os relatórios das experiências dos Mensageiros do Futuro com o ópio estavam prontos. Como antecedente importante, temos o fato de que os sete membros da confraria compreenderam que mais seriam proveitosas espiritual e cientificamente essas experiências, se descritas ao frescor da memória imediata ao término do transe, tanto melhor se durante o seu transcurso; uma descrição vívida era o que pretendiam, sem limitações nem travas de linguagem.

Dos sete manuscritos, o relatório do confrade Frans Post, com a devida ressalva de uma que outra referência de tipo mais subjetivo, conseguira transmitir o sumo dos efeitos extáticos produzidos pelo ópio. Ei-lo, portanto, na íntegra:

Uma bela e aprazível tarde. Fazia esboços sobre as corriqueiras atividades dos escravos numa moenda, uma como tantas dos engenhos de açúcar da província de Pernambuco.

Ao boi que acaba de mugir, sinto vontade de perguntar-lhe se preferiria que o retratasse como o minotauro, e nesse instante lembro, e desato uma risada que retorna em eco, que somos sete os membros da confraria... os sete Mensageiros do Futuro oferecidos em sacrifício à terrível fera, no labirinto construído por Dedalus...

Como se estivesse a observar-me quando, há pouco, quase dirigi a palavra ao boi da moenda, uma borboleta pousou perto de mim, muito confiada; rechacei qualquer insinuação sua para uma conversa, e ela fez outra tentativa sob a forma de coruja (fiquei apreciando como se dera a transformação: as cores e os olhos da ave estiveram antes nas asas do inseto). Nem assim conseguiu arrancar-me qualquer comentário, uma coruja no meio da tarde só pode ser uma borboleta, mesmo que seja uma coruja... Sem conseguir o que pretendia, a borboleta ardilosa voou.

Frio na barriga. "Será que é fome?", penso, como se não me lembrasse da sensação de fome.

Tornei a observar, o mais atentamente possível, a cena da labuta na moenda. Os blocos de pedra eram levados pelos hebreus e os soldados do faraó vigiavam imóveis como estátuas... o sol escaldante, faíscas nas pontas dos chifres dos bois, e logo o ranger da moenda a devolver-me o lugar, a paisagem do engenho (senti um aperto de ansiedade por sentir-me incapaz de desenhar a moenda rangendo, certo de que era possível desenhar aquele ruído monótono... um retrato da vida com os sons da vida mesma! Outra irreprimível risada...)

Jorra sangue da moenda; o centurião romano ordena que ponham mais braços e pernas para a trituração... um carro de bois, tricéfalos os animais!, chega com mais cana-de-açúcar.

A paisagem ganha um aspecto martelado, como uma chapa metálica recém-saída da bigorna; os contornos das pessoas e coisas perdem nitidez; as cores, no entanto, são ressaltadas; com o dedo indicador toco esse quadro, e a cena recobra a naturalidade de antes... noto que um negro se detém a observar-me (certamente estranhado por meu gesto, meu dedo em riste, tocando o ar!... rapidamente troco aquele gesto por um aceno de mão aberta e ele responde com outro).

Quando dou passos para trás, a cena que vejo, ou mais propriamente, a tela cujos elementos se movem, deforma-se e converte-se em superfície côncava; passos para diante e ela torna-se convexa. Os sons acompanham essas mudanças: no primeiro caso se distanciam e logo o efeito inverso (descubro ainda a sutil gradação destes, de acordo à velocidade que imprimo aos meus passos); entretenho-me com essa dança...

Ainda não fiz um só traço sobre o papel, ao mesmo tempo é como se tivesse realizado vários esboços, alguns, inclusive, cheguei a ver terminados!

Círculos de cores diversas vão surgindo na terra, unem-se uns aos outros, pouco a pouco, cobrindo o chão, preenchendo tudo desde onde estou até a moenda, o centro, o ponto final ao qual todos esses círculos convergiram; ali, os círculos se desfazem e a cor que predomina é o vermelho, a terra se veste desta cor; nos escravos, nos bois e nos feitores surge uma aura iridescente.

No decorrer do transe, a sensação de bem-estar vai prevalecendo sobre o medo, que por sua vez vai definhando... Será que é porque apreendo uma nova dimensão do belo, nunca antes por mim admitida? (No sentido de que passo a extrair do habitualmente visto como grotesco ou assustador, algo de beleza, estranha, inquietante, mas no final, beleza?...)

"Um estado de plenitude... Experimentei recordações de lugares nos quais nunca havia estado...", disse Albert Eckhout, logo de concluída a leitura da experiência de Frans, durante a reunião dos Mensageiros.

"Interpreto essa sensação como se de alguma forma, dissolvido e transportado no sangue, o ópio atingisse o que eu chamaria de centro da memória remota... alguns médicos, anatomistas e filósofos, em aceitando essa tese, talvez preferissem situar esse centro no tão buscado osso incorruptível, o osso a partir do qual recompor-se-á o corpo ao momento da ressurreição; porém, na minha opinião pessoal, o centro da memória remota estaria nas imediações dos olhos, nada mais óbvio...", afirmou Willem Piso. "... Ali chegando, o ópio ativaria um ressurgirmento, ou uma fugaz percepção na densidade do transe, de imagens dos acontecimentos vividos por nossos ancestrais!"

"... Ou será que é porque durante o transe ficamos mais vulneráveis aos espíritos errantes, no sentido em que estes se aproveitam daqueles momentos mais flutuantes e confusos do êxtase para se introduzirem em nós?... Algo assim, e até com mais intensidade, sucede nos rituais dos negros, recordemos o que vos contei sobre o que presenciamos, eu e o Zacharias, no quilombo...", disse Frans.

"... Mas assim não traríamos conosco nenhum vestígio, nem a mais vaga lembrança... pois se um certo alguém, um espírito errante, como disse Frans, tivesse tomado posse de nosso ser e utilizado, por breves instantes que fossem, nosso corpo e sentidos... ora... tudo o que visse ou vivesse seria desse alguém!", replicou Markgraf. "... Estou de acordo com Frans quando levanta a interessante suposição de que entidades errantes, ou viajantes invisíveis, como eu preferiria chamá-los, poderiam incorporar-se, tomar emprestados nossos corpos, sobretudo nos casos em que sobre estes estamos a exercer um frágil domínio, porém inclino-me a pensar que, depois que esses espíritos viajantes regressam ao seu anterior estado, levam consigo, repito, suas próprias recordações... Neste sentido, a interpretação científica de Willem é mais completa e deve merecer nossos melhores encômios... contudo, sobre o tema há muito ainda por desvendar..." (nesse momento, Adriaen iniciou um aplauso logo contido, desistindo do intento ante os olhares dos que não compreendiam seu repentino entusiasmo).

"Quase todos os relatórios fazem referência à aura das pessoas... que ela se torna mais visível durante o êxtase do ópio será certo, mas é possível também vislumbrá-la em condições normais... comigo sucede, e diria que não raramente... quando fixo meu olhar em uma pessoa a quem estou retratando, posso perceber nela certos lampejos, brilhos corpóreos", comentou Albert.

"Isto ocorre quando fazemos uso do terceiro olho", explicou Adriaen, "sempre que exercitamos a concentração, estamos ativando o *ajna chakra*, o qual, segundo os hindus, corresponde ao centro da clara visão, situado entre as sobrancelhas..."

"... Então tem muita relação com o centro da memória remota a que se referiu Willem!", exclamou Zacharias Wagener.

"Muita... Minha interpretação nasce desses ensinamentos da medicina védica", confirmou com modéstia Willem.

O pensamento livre, por vezes tocando idéias e especulações ousadas, caracterizava essas reuniões dos Mensageiros do Futuro. A fé religiosa protestante, calvinista, sobretudo, de alguns dos confrades, cedia espaços, e o território de uma nova era — tacitamente compartilhado entre os sete — estendia suas fronteiras, acolhendo virtualmente tudo que se despojasse de suas pretensões de verdade absoluta. Afinado com essa premissa, Markgraf, por exemplo, costumava fazer uso da palavra para realizar o que ele chamava de "órbitas temáticas aparentemente anômalas", na verdade uma retórica que, para os que o conheciam, quanto mais elaborada em seus meandros, mais fazia-se sentir como prenúncio de um desfecho polêmico... Nessa oportunidade, discorrendo sobre plantas, ervas, raízes e tubérculos, comparando seus efeitos e suas propriedades curativas e mágicas, lançou-se a uma dessas órbitas: dizia do emprego de uma certa bebida no alívio das mais insuportáveis dores; dizia que, como bem ensinava Plínio, o *Velho*, em sua *Historia Naturalis*, no império romano, um poderoso estupefaciente, a mandrágora, também chamada poção dos condenados, era oferecida aos que iam morrer crucificados... (Onde queria chegar Markgraf?... A que essa poção teria sido também tomada por Jesus Cristo, no Calvário? Como reflexão transitória, sim; mas o ponto para ele mais questionável não estava aí, iria mais além; aquele era um sucesso próprio de uma tradição daqueles tempos, o que emprestava um caráter de coerência à dedução, por mais que esta a alguns parecesse tendenciosamente sacrílega). Ao final de prolixas considerações, Markgraf perguntou:

"Por que motivo as Sagradas Escrituras ocultam que era mandrágora, e não vinagre, o que deram ao Filho de Deus quando este manifestara sentir sede?", e sem esperar qualquer resposta, seguiu: "É de se pensar que talvez esse detalhe tenha sido, no correr dos tempos, substituído nas traduções e novas impressões das Escrituras, feitas sob medida por encargo das autoridades eclesiásticas... Os que leram os originais gregos do Novo Testamento, me dizia um estudioso, estão capacitados para contradizer muito do que está escrito na Vulgata latina...

Portanto, a hipótese que nasce, caríssimos amigos e confrades, é a seguinte: os interesses criados teriam ora suprimido ora trocado palavras e nomes, e esses atos de censura teriam atingido não apenas a mandrágora, o próprio ópio ou outro *narcoticus*, como sabe-se lá quantas outras coisas e eventos bíblicos..."

"E com que propósito, se nas Escrituras não deixam de ser narradas numerosíssimas visões fantásticas, clarividências, transes extáticos?", perguntou Frans.

"... Todas atribuídas a indivíduos eleitos e guiados por Deus.", interveio Pieter Post.

"... Apreciadores do vinho, como Noé e tantos mais, e de outras beberagens tão difundidas entre os hebreus", acrescentou, com alguma malícia, Zacharias.

"Talvez as autoridades eclesiásticas quisessem censurar somente certo conteúdo semeador de dúvidas sobre o estado de consciência daqueles que conversavam com Deus, naquelas passagens quiçá mais significativas para a fé, de modo a evitar interpretações transversais, tocadas de panteísmo ou que se prestem a um maior tributo à Natureza...", disse Markgraf, "aos desígnios da Natureza e..."

"Em meados do século passado, Gianbattista Porta enveredou por esse caminho e as doutas autoridades da Igreja Romana o interpelaram...", interrompeu Willem. "A sociedade científica 'I Secreti', que fundara, teve de ser fechada, e ele terminou sendo proibido de seguir em suas investigações em filosofia natural... Em 1600, pior... a Inquisição Católica levou o dominicano Giordano Bruno à fogueira para ser queimado vivo, pelo mesmo motivo... Sejamos cautos, amigos..."

"Tais riscos não corremos; ao menos não aqui em Maurits-Stadt...", retrucou Zacharias, "portanto... voltemos ao ópio..."

Servindo para constatar e medir o interesse dos confrades em relação à temática que abria asas para grandes vôos, a reunião dos Mensageiros do Futuro, que se estendera por mais duas horas desde essa intervenção de Zacharias Wagener, cumprira com suas metas que não eram outras senão discutir os estímulos espirituais provenientes de experiências com o ópio. A resolução final aprovada foi a de que, igual ao que ocorrera com outros anteriores estudos, as experiências prosseguiriam, passando, entretanto, a serem realizadas por decisão voluntária de cada membro da confraria: a essas novas contribuições estava aberto o Arquivo do Ópio.

28

Os meses que se seguiram, já no ano da graça de 1642, foram de intensos afazeres entre os que sonhavam juntos o sonho de Maurits-Stadt. Construíam. Os melhoramentos na cidade do príncipe de Orange e na província agradavam à população, não tanto assim aos financistas da WIC, críticos ferrenhos das obras exigidas e ordenadas por um caprichoso Johan Maurits, a quem já alcunhavam de "o Brasileiro", com indisfarçável tom pejorativo, nas Províncias Unidas de Holanda: o palácio de Vrijburg nada ficaria a dever em arquitetura e suntuosidade aos existentes na mãe pátria dos batavos; a ponte do Recife debatia-se com problemas técnicos que afetavam cronograma e orçamento, mas seguia; começava-se uma segunda ponte, a que comunicaria a ilha de Antônio Vaz com a hinterlândia agrícola do continente; a casa de campo da Boa Vista — casa de campo por estar situada extramuros da cidadela de Maurits-Stadt, entanto na mesma ilha de Antônio Vaz —, tinha projeto definido, aguardando o início de sua construção; uma granja modelo seria implementada para cultivo de hortaliças e legumes, como parte de um programa de incentivo à diversificação agrícola na província; mais canais, mais ruas ladrilhadas; mais dores de cabeça para os que faziam as contas pouco satisfatórias da empresa de ocupação que ainda não podia descuidar-se do argumento militar, despesa aliás de monta, por mais que fosse bem medida, como o evidenciavam as disposições austeras sobre alimentação e a pouca comodidade dos alojamentos das tropas. A situação era, apesar de todo o açúcar, nada doce para o príncipe: uma carta enviada pela alta direção da WIC, em abril, recomendava seu regresso à Europa no prazo de um ano.

Ter o futuro na palma das mãos e deixá-lo escapar? O príncipe Johan Maurits certamente resumiria a situação desta forma. O Alto Conselho e a WIC estavam chegando a uma posição de intransigência tal, que a carta recebida, quase um ultimátum para o bom entendedor, era nada menos que uma desconsideração que exibia intenções imediatistas, de corte evidentemente autoritário. Ficava claro que ele já era visto como um estorvo às políticas de exploração mercantilista, manobras fundadas na cobiça, nas quais não cabia a semeadura paciente de uma civilização e de uma história escrita com frases justas e tinta de boa fixação. O tempo — continuava o príncipe sua reflexão — encarregar-se-ia de gravar seu selo de beneplácito nessa escrita que ele propunha, mas teria ele o tempo necessário para realizá-la? Que erros cometera, para ser punido com a destituição do cargo de governador-geral de Nova Holanda? Seus investimentos em razão de sua estratégia de desenvolvimento integral destes domínios, no esteio do conceito maior de *Humanitas*, haviam sido transferidos ao rol dos gastos? Eram perguntas que se fazia Johan Maurits, as quais não poderiam a seu ver ser melhor respondidas que com a ironia e a amargura de pensar que não sendo os delineamentos do empório marítimo holandês coincidentes com seu projeto de dignificar a ocupação, visando torná-la duradoura e imune às confabulações inimigas, talvez não coubesse seguir denominando tal empresa por Nova Holanda, o território que compreendia distintas províncias, ou por Maurits-Stadt, a cidade, sua *Utopia*. Consoante as pretensões da WIC, maior coerência existiria se passassem a chamar o empreendimento da conquista, cuja medida de êxito seria o tilintar das moedas, de Armazéns Gerais da América Meridional ou coisa que o valha. Teriam, no entanto, de esperar seu retiro...

Quando o capitão Zacharias Wagener, acompanhado por três soldados da guarnição do Forte Ernestus, tomou o barco para cruzar o rio em direção ao porto, ele estava preparado para lidar com quem era considerado o maior contrabandista de pau-brasil do Recife. Seguindo um plano de contingências elaborado, antes de chegar ao armazém, postou convenientemente outros soldados das tropas regulares que serviam na zona do cais. Eram precauções, havia ordens expressas para o confisco de toda a carga existente, madeira que aguardava ser embarcada nesse mesmo dia no *Grande Tigre*, navio de propriedade da WIC. A missão inspirava cuidados. Consciente de que, nesses casos, sem flagrante não há delito, Zacharias esgrimiu habilmente o único argumento de que dispunha: a denúncia sobre o uso de balança viciada, realizada por um fiscal de pesagem que não aceitara o suborno que lhe fora oferecido pelo questionado negociante. Com apenas esse elemento tomara-se uma determinação bastante dura, inflexível, porém que valesse como advertência; a carga foi apreendida e ficaria sob a custódia do capitão e de seus comandados, até segunda ordem. As investigações, coordenadas diretamente pelo príncipe, sendo exclusivamente a este reveladas suas conclusões, deram com que existiam indícios de que aquela era uma organização que contava com o encobrimento e a proteção de membros do Alto Conselho. Não eram muitos os implicados, mas eram suficientemente industriosos para alterar um outro tipo de balança, a das decisões sobre os recursos financeiros para as obras que queria Sua Excelência. Com o fiel dessa outra balança oportunamente regulado em seu favor, em troca do perdão concedido aos conselheiros suspeitos, o príncipe teria enfim um remédio caseiro, que, pelo menos por algum tempo, será o antídoto que usará frente ao poderoso veneno contido na carta que lhe fora enviada pela WIC. *Ars longa, vita brevis*...

29

Não era a primeira vez que o cartógrafo Cornelis Golijath tentava puxar o tapete a Markgraf. Suas diferenças começaram, por assim dizer, no mesmo dia em que este último fora admitido ao grupo de assessores de Sua Alteza, aumentando *pari passu* com as oportunidades dadas pelo príncipe ao astrônomo. Uma delas, a honrosa incumbência de compor o grande mapa da costa, foi e seguia sendo a que Golijath encontrara maiores dificuldades de tragar. Como se levasse uma espinha atravessada na garganta, o ressentido cartógrafo, sempre que pôde, tentou quebrantar a credibilidade que Markgraf gozava junto ao príncipe. Essas manobras hostis, entretanto, longe de dar os frutos desejados, não menos que lhe valeram ser preterido da confraria dos Mensageiros do Futuro, além do isolamento que geralmente acarretam os gestos antipáticos e desleais. Contudo, o príncipe escutou pacientemente — os antecedentes do relator, ainda que manchados pela inveja, não o privavam desse direito — o que segue: "Com o mais alto interesse de zelar pelo bom nome do governo holandês", Golijath insinuou ao príncipe o afastamento de Markgraf de suas funções no governo, apelando a que este "por fim deixara escapar sua condição de homem de duvidosos hábitos". Vinculou-o a Caspar van der Ley... Fez a pausa estudada, aguardando alguma reação do príncipe. O nome que mencionara era o de um indivíduo tido pelos holandeses como um desertor sem escrúpulos desde que, ao haver contraído matrimônio com uma herdeira de engenhos da província, convertera-se à fé católica romana; não soava bem aos ouvidos de Sua Alteza tal nome, sabia Golijath. Como para não desperdiçar o momento, sua língua ferina teceu outros detalhes: Markgraf e o senhor de engenho Caspar van der Ley, juntos, foram vistos promovendo escandalosas festas no bordel Warszawa; comentava-se, à boca pequena, a preferência de ambos pelas negras e mulatas daquele lupanar do porto; comentava-se muito das bebedeiras intermináveis dos parceiros, seus amigos de ocasião, e de suas orgias. "... Os atos indecorosos atribuídos a ambos ganham indesejável notoriedade na província, Alteza", rematou Golijath. Ponderando que tais rumores poderiam ser parte de alguma campanha de desprestígio ao seu governo, o príncipe prometeu buscar o esclarecimento da situação. O cartógrafo retirou-se, sem pena nem glória.

Extratos do Diário do Príncipe
ORBIS BATAVORUM

(...)
Júbilo pela conquista! São Paulo de Luanda e Benguela foram tomadas (agosto de 1641); posições importantíssimas. O vitorioso almirante Jol manda dizer que está disposto a mais; adiante, querido Pé de Pau, estamos confiantes!

(4 DE JANEIRO DE 1642)

(...)
Nova Holanda mais e mais se expande: São Luís do Maranhão, outrora tão querida pelos amigos franceses (o burgo foi bastante beneficiado por eles, devo felicitá-los pelas obras deixadas), integra-se aos nossos domínios.

(18 DE FEVEREIRO DE 1642)

(...)
Novas vitórias da WIC: as ilhas de São Tomé e Annobon agora integram nossos domínios, desde outubro de 1641, diz a mensagem. A África portuguesa está caindo a nossos pés...

(23 DE MARÇO DE 1642)

30

Eles chegaram e se distribuíram. Ocuparam diversas ruas do porto. De manhã bem cedo já estavam todos; tendas de panos coloridos armadas, mercadorias expostas; macacos, papagaios, cavalos, ursos, pavões, tatus, gatos siameses. Não era só para transações de comércio o motivo pelo qual se instalaram no burgo do Recife, era sobretudo para trazer o espetáculo, as acrobacias, a pantomima e as artes divinatórias. Eles, os ciganos. Depois de terem percorrido outras paragens da província, e de serem estigmatizados em um que outro lugarejo, em razão da má fama de muitos de seus membros, pilhados com animais roubados dos engenhos, regressavam os que tinham, anos atrás, posto os pés nessas mesmas ruas, agora trazendo seus filhos e netos, o bando entrando na segunda geração de filhos nascidos em terras do Brasil. Na rua do Vinho, os meninos que faziam demonstrações acrobáticas sobre cavalos de belo porte eram aplaudidos pelos passantes. Conseguir que essa gente madrugadora se demorasse em chegar aos seus ofícios, detendo-se para admirar as exibições que apenas começavam, era vital para o êxito da estadia. Saber que muitos desses transeuntes eram barqueiros, e que se encarregariam de divulgar a notícia da presença desses alegres andarilhos aos passageiros que conduziriam durante o dia, era um estímulo a mais para que, mesmo ao início da jornada, não poupassem esforços para realizar suas melhores proezas. O homem que cuspia fogo, durante o tempo em que preparava sua atuação, na verdade já estava atuando; ele — e esta era uma atitude generalizada entre os mambembes — cuidava da preparação do espetáculo e a valorizava como parte do mesmo. Esses instantes de concentração e de exercícios físicos ajudavam a estabelecer uma relação mais íntima com o público assistente. Truques — e, ao final destes, vênias ao melhor estilo cavalheiresco — executados com muita destreza por macacos eram motivo de boas risadas dos presentes; a coleta de moedas, acompanhada pelo som de pandeiros.

Quem levou a notícia a Markgraf de que os ciganos estavam no porto foi Luís dos Santos; notícia o dissemos por generalização, indevida no caso; tratara-se mais exatamente do recado de um cigano em particular. O astrônomo desconversara quando Santos, que percebera sua expressão de surpresa, quis saber de onde ele conhecia o cigano que dizia querer vê-lo... Era Jerome, o cigano da Silésia. Desde a última vez que com ele estivera, em Weil der Stadt, como bem recordará o leitor, Markgraf conservara a sensação de que voltaria a vê-lo em alguma outra viagem antimaterial, mas jamais imaginara que tal coisa fosse suceder da maneira como estava por suceder: Jerome estava ali, no porto do Recife!... Deveria ser de suma importância o que tinha para dizer, talvez o que lhe faltara ter dito naquela oportunidade, em 1620, e que terminara frustrando-se devido ao corte abrupto da viagem. Recapitulando o relato feito por Markgraf, sabemos que este tivera um primeiro encontro com Jerome em 1636. Nesse encontro, o cigano fez uma previsão de um tempo futuro e de um regresso de Markgraf desse futuro ao passado, quando ocorreria, como ocorreu no ano de 1620, o segundo encontro; dizia que Markgraf estaria em uma região do sul quando contasse com 31 anos de idade e também dizia que o mesmo seria capaz de viajar no tempo e retornar à época em que era uma criança de 10 anos... Que mais sabia Jerome a seu respeito? Por que Jerome decidira cruzar o oceano? Tinha de existir algum plano, "... talvez não estivesse aqui com o único propósito de ver-se comigo", chegou a pensar. Com essa expectativa chegando ao seu auge, deixaremos Markgraf com seus botões, para conhecer um pouco do que sucedera em 1636, em Weil der Stadt...

Havendo concluído seus estudos em Stettin e pouco antes de ingressar na Universidade de Leiden, Georg Markgraf empreendera viagem a Weil der Stadt, com o fim de tomar contato com o Colégio Cósmico. Foi uma carta de recomendação, escrita de próprio punho por Martinus Hortensius, amigo e membro honorário dessa sociedade secreta, o que permitira a Markgraf ter acesso à fascinante biblioteca do Colégio. Consideravam-se privilegiados os que podiam aceder àqueles manuscritos; eram alfarrábios de remotíssimas épocas, muitos dos originais — e os havia em argot, grego, sânscrito, egípcio — necessitaram de meses, quando não de anos, para serem decifrados e vertidos ao latim, língua que enfim viria a facilitar as consultas. A visita ao Colégio Cósmico servira a Markgraf para que este assumisse definitivamente a condição de viajante antimaterial. As viagens fora do corpo, que eram então apenas uma possibilidade, encontraram ali um impulso vital para que as tomasse mais a sério (entre Rostock e Stettin, havia experimentado uns quantos episódios, muito curtos). O que está por acontecer em 1642, contudo, guarda propriamente relação com um manuscrito atribuído a um certo Asuramaya, obra cuja versão em latim, finalmente concluída, entrara a ser discutida durante a estada de Markgraf em Weil der Stadt. Do autor desse manuscrito sabia-se que havia sido um astrônomo de um tempo anterior ao Dilúvio Universal (nos *Puranas* hindus, Asuramaya é mencionado como "um grande mago, astrólogo e astrônomo", oriundo da Atlântida, o continente perdido). Dizia-se que, com seu profundo conhecimento dos manuscritos sagrados e secretos da antiga Índia, havia determinado a duração dos períodos cósmicos e geológicos do passado, e a duração dos ciclos que estariam ainda por vir, até a extinção da sétima e última raça da humanidade, de acordo com uma concepção do mundo físico como um sistema de ciclos de vida sucessivos.

Nesses dias em Weil der Stadt, que não foram muitos, posto que suas obrigações acadêmicas em Leiden estavam por iniciar, Markgraf aprendera bastante dos membros da sociedade, e conhecera Jerome. Mais do que pelo fato de que possuísse um grande poder de clarividência, Jerome era respeitado no Colégio Cósmico porque preservara conhecimentos considerados essenciais: compreendia o argot, língua que diziam ter sido falada pelos homens de antes da Torre de Babel, a língua que desvenda o mistério das coisas e as verdades mais ocultas, e manejava com maestria as interpretações cabalísticas. Jerome vinha a ser um colaborador, mais que eventual, diríamos, do Colégio; se determinado manuscrito apresentava-se de difícil compreensão, era ao cigano da Silésia que consultavam; de fato, entender a linguagem argótica e ser um iniciado na *Qabbalah* hebraica o habilitavam a penetrar muitas outras línguas ancestrais que se haviam perdido ou, em alguns casos, sobrevivido como patrimônio de pouquíssimos homens na Terra.

Markgraf estava na biblioteca quando foi apresentado a Jerome pelo mestre tradutor a cargo do manuscrito de Asuramaya, ocasião em que estes últimos traduziam os restantes parágrafos da obra do astrônomo atlante. Era o final de um trabalho de oito meses e dezessete dias, que seriam vinte, pois já previam uns três dias mais naquelas derradeiras linhas. Faltando esse quase nada, Markgraf conseguira o posto de auxiliar de revisão ortográfica e sintática dos papéis em latim, e com isto a oportunidade de conhecer o conteúdo daquele manuscrito.

Caía em suas mãos, sob juramento de mantê-la como alto segredo, uma obra de astronomia e geometria, cujo visionarismo dizia muito da sabedoria alcançada pelas civilizações hindu e atlante. O manuscrito realizava esta simbiose.

Na tarde em que Jerome lhe fizera a estranha previsão — "Algum dia regressarás proveniente do sul aos trinta e um..." etc., etc. —, Markgraf foi um ouvinte atento; sabiamente, resignara-se a escutar. À medida que Jerome abria seu leque de conceituações filosóficas e se aprofundava em alguma idéia, mais coisas, então ainda quase desconhecidas pelo astrônomo, surgiam...

"Os números ocultos na linguagem com a qual o universo se manifesta podem guiar-nos nas leituras dos antigos manuscritos, inclusive dos que tratam das coisas sagradas, e nos permitem comparar e corroborar doutrinas e tradições dos mais diversos povos do *Orbis*...", explicava Jerome. "... O estudioso das literaturas sagradas, filosóficas e científicas deve, portanto, preparar-se para interpretar as cifras nelas existentes. O *Sepher Jezirah*, o Livro Cabalístico da Criação, nos explica os signos numéricos, nos ensina a *decifrar*, extrair as cifras para compreender a mensagem; daí usarmos a expressão *mensagem cifrada* quando nos referimos a um texto que contém algo secreto... No *Sepher Jezirah*, o processo completo da criação está explicado pelos números... o Deus de nosso mundo material é, no que coincidem muitos textos sagrados, um semideus, isto é, uma emanação da Entidade Absoluta, uma manifestação da potência marginal ou exterior dessa Entidade; uma emanação incumbida de criar todos os espaços e a evolução dos tempos em nossa esfera de vida... e possui também a capacidade de destruir, porque, para o *Verbum* Deus, a criação no mundo material implica destruição seguida de nova criação, e assim, nesses ciclos sucessivos de criação e destruição, tudo está regulado por números determinados pela divindade... Platão dizia que Deus geometriza ao criar o universo! Muitos sustentam que a *Mathesis Universalis*, a Matemática Universal, é a linguagem que pode ser usada como chave de todas as ciências... O Deus dos hebreus e dos cristãos deste mundo origina-se da Unidade absoluta do Imutável, Universal e Eterno, da Inteligência Primordial; o Homem origina-se dessa mesma Inteligência; portanto, Deus e o Homem têm origem em um mesmíssimo ponto!... Os cabalistas dizem que essa Inteligência Primordial jamais pode ser entendida e compreendida; do mesmo modo está escrito no *Bhagavad-gita* dos hindus que esta Inteligência, a Suprema Personalidade de Deus, *Krishna*, nem mesmo os grandes devotos e santos, os *rishis* e os *suras,* como se os denominam, podem conhecê-La... Mas, é claro, desde o princípio, ao Homem foi dada a oportunidade de, sempre e quando consagre seus atos à liberação de seu espírito deste ciclo de gerações em que uma vez caímos, encontrar o caminho de volta à morada do Eterno. O estudo comparado das escrituras sagradas mais antigas é de grande utilidade; arroja silogismos valiosíssimos para que possamos situar-nos no universo; saber verdadeiramente onde estamos, nossas atribuições e para onde devemos nos encaminhar..."

Regressando a 1642, nos inteiramos de que teria de ficar para o dia seguinte o encontro com Jerome no porto do Recife.

Chamado pelo príncipe, Markgraf apresentou-se no gabinete de Sua Alteza para esclarecer se era certo o que dissera Golijath, se era verídico que havia participado nos festins escandalosos promovidos por Caspar van der Ley no Warszawa. Manteve-se sereno todo o tempo. Não negou que conhecia o senhor de engenho, nem que com ele estivera em alguma ocasião, acrescentou inclusive que estivera com outros amigos; entendia Markgraf — e advertia, em conseqüência, o príncipe — que aqueles não haviam sido mencionados certamente porque, na intenção de urdir a intriga, Golijath queria mesmo evitar qualquer atenuante; essa atitude, por si só, já era um sinal de que pretendia armar um cenário de susceptibilidades...

"Compartimos de bons vinhos espanhóis; porém, nada de escândalos nem bebedeiras, Alteza", disse o astrônomo.

"... E desde quando freqüentas o Warszawa?"

"Desde que aqui cheguei, porém nunca com assiduidade... e nunca contraí cancro, bouba ou sífilis, se é o que vos tem preocupado, Alteza."

"Boa estrela deves ter, Markgraf, sabes escolher bem..."

"Sua Alteza quis referir-se a estrelas ou... a mulheres?"

"Ah!... sabia que em algum momento ouviria uma *boutade*..."

"Mas se Sua Alteza quer saber mesmo de minhas preferências..."

"Não; deixemos assim...", cortou o príncipe. "Não pretendo entrar em questões de índole pessoal..."

"De qualquer forma, antes de irmos a outro tema, quero deixar claro ante Sua Alteza que tudo não passa de exageros de Cornelis Golijath ou de seus informantes."

"Soubeste que os ciganos estão no porto?"

"Tenho um amigo entre eles, Alteza... um homem sábio... conheci-o quando esteve colaborando na tradução de um velho manuscrito de astronomia faz alguns anos... devo ir vê-lo amanhã..."

"Acaso chama-se Jerome este sábio de quem me falas?"

"Sim, Alteza... Jerome é como se chama..."

"Fez fama na região dos engenhos... esteve lendo as cartas do Tarot para Wynants, também dona Ana Paes fez sua consulta... ambos em conversa comigo me disseram que é muito convincente no que diz."

"O Tarot de Jerome faz jus à melhor tradição desse oráculo, Alteza."

"Mas voltando ao que disseste, o cigano é teu amigo..."

"Sim, se bem que foi uma amizade circunscrita a uns poucos dias, ficaram a admiração e a estima... muito do que me disse me acompanha desde então... e tem grande ascendência em minha obstinada busca de novos mundos no Novo Mundo..."

"Aí está!...", exclamou o príncipe, interrompendo Markgraf e desta vez mudando radicalmente de assunto. "O novo boi voador!... só que agora nosso público seria os que ainda estão em Holanda e resistem a começar nova vida aqui..."

"Perdoe, Alteza... novo boi voador?"

"Claro! Lembras dos bons comentários que recebemos do povo daqui, dos aplausos ao boi voador nas memoráveis festas do ano passado? Pois é, acabas de dar uma bela idéia para uma propaganda, definitiva!, de nossa empresa... por isso estou a compará-la com a do boi voador... poderíamos mandar imprimir panfletos destinados a persuadir os camponeses das Províncias Unidas a que venham a Pernambuco... Diversas vezes reclamei à WIC que precisamos fomentar uma grande onda de migração de holandeses a Pernambuco, para que sejamos maioria na atividade agrícola, uma necessidade estratégica!"

"Qual foi a idéia?", perguntou Markgraf, denotando já impaciência.

"A frase: 'novos mundos no Novo Mundo'... No panfleto iria impressa, sob uma bela paisagem de Frans Post, a frase principal: 'Maurits-Stadt, novos mundos no Novo Mundo', seguida, é claro, por um texto de Caspar Barlaeus..."

A boa vontade do príncipe para com Markgraf continuava intacta; a audiência servira, contrariamente ao que teria desejado Golijath, para que fossem encontradas novas harmonias. O diálogo entre ambos mantinha-se fluido, capaz de infiltrar-se pelas fissuras mais impensadas e abrir caminhos de bom proveito para as idéias — o ponto onde o deixamos confirma esse estado de coisas.

Com o melhor dos ânimos, Markgraf despertara naquela manhã do encontro com Jerome no porto. Apesar do desconforto de ter pernoitado no observatório, para onde se dirigira depois de ter estado com o príncipe, a lida da noite perfeita de estrelas o ajudara a desfazer-se das tensões dos *por quês* e dos *comos*, substituindo-as por um mais feliz "ali estava um amigo a quem voltaria a ver depois de anos". Cruzou o rio.

31

Adriaen van der Zee ficou sabendo que Constance nascera da efêmera união entre o Velho O'Connor e Hanka, a polaca. Não se surpreendera de todo com a revelação feita pelo pai de sua amada; nunca quis ser indiscreto, mas sabia que com a idade de 16 anos ela dificilmente seria filha do matrimônio de O'Connor com dona Maria Clara, era só fazer as contas. Seria filha adotiva, alguma vez pensou. Mas não. O acontecido, que fez o percurso do sorriso à amargura em brevíssimo tempo, tem seu início quando O'Connor, viúvo fazia menos de um ano, lá por 1625, tornava-se um dos primeiros — acreditando ser o único — a ter uma aventura amorosa com Hanka no Recife. Ela, uma jovem senhorita recém-chegada naquele ano com uma família adotiva judia etc., etc., conhecemos a história. E tudo sucedera como uma vertigem: a paixão, um frenesi para aquele viúvo na madurez de seus 49 anos; seu compromisso de matrimônio precipitado pela gravidez da jovem; a emoção de ser pai pela primeira vez; o rompimento quando apenas nascida Constance, Hanka confessa tê-lo usado — e tê-la usado, pois não? — como pretexto para sair de casa. Desiludido, O'Connor exigira que a criança fosse entregue à sua guarda paterna, outrossim o silêncio de Hanka. Ele já se havia dado conta de que ela alimentava ambições muito diferentes de ser esposa e mãe...

Agora que conhecia todos esses pormenores de um passado que podia voltar e golpear fortemente as portas de seu castelo de sonhos, atormentar a criatura que ama, Adriaen pensava sobre que tipo de rastros — supondo que Hanka seguisse cumprindo o pacto de silêncio — teria deixado esse passado: os avós maternos de Constance, se vivos estivessem, continuariam a ignorá-la, mormente depois que morresse O'Connor? E os amigos mais próximos, os que conheciam o drama, permaneceriam calados quando o *Velho* partisse? Adriaen nunca pensou que tão assim de repente pudesse pensar o que estava pensando; deixar tudo: Maurits-Stadt, o Recife, ir-se com Constance para algum outro lugar. Nisso estava, quando deu pela falta de Markgraf; era sempre assim: uma dor, uma incerteza, um tempo nublado para sua alma, era ao amigo a quem buscava.

Havia saído meia hora antes que Adriaen chegasse para visitá-lo no observatório. O soldado que guardava a entrada da casa do príncipe disse-lhe ter visto quando o astrônomo tomou um bote rumo ao porto. "Deve ter ido ver os ciganos...", pensou, adivinhando, e decidiu fazer o mesmo, afinal bem oportuno era que conhecesse sua sorte nas cartas do Tarot.

As três tendas para consultas de cartomancia na rua do Senhor foram percorridas por Adriaen e tinham mais ou menos a mesma quantidade de gente esperando para ser atendida. Não valia a pena esperar, pelo número que lhe deram num pequeno pedaço de papel; só iria poder ingressar em horas da tarde, depois do almoço e depois do descanso, alguém o prevenira. Ficou, no entanto, aguardando que por ali aparecesse Markgraf e pôs-se a assistir às danças das zíngaras e às exibições de um malabarista em temerárias manobras sobre um corcel de pêlo branco lustroso, animal bem treinado. De repente, um anúncio causou alvoroço entre o público, muitos correram em busca de refúgio na primeira porta aberta que encontraram: "Senhores, senhoras, povo amigo do Recife, temos a satisfação de apresentar-vos uma grande atração... o urso da Bavária!... a fera mais temível das florestas germânicas, transformada em inteligente criatura pelos nossos renomados adestradores!", bradou o homem que levava nos braços o chimpanzé coletor de moedas, quando uma carroça surgiu na esquina trazendo a jaula com o urso.

Enquanto isso, Markgraf conversava com Jerome em uma das mesas da taberna Virgin...

"... comecei então a conjecturar sobre os circuitos estabelecidos pelos atlantes; de acordo com os manuscritos, existem o que chamam de 'Zonas de Reunião' disseminadas pelos quatro continentes. Em razão disso, nos últimos cinco anos, dediquei-me a uma peregrinação, no possível realizando viagens normais, isto é, percorrendo espaços e territórios sem quase fazer uso das minhas capacidades de transmigração antimaterial. Ainda que te soe pouco razoável que venha fazendo tal esforço, creio que chegou minha vez de experimentar as privações de um asceta... deves bem saber do quanto ainda se sofre para cruzar o mar Oceano... Onde estava mesmo?", perguntou Jerome, a propósito de retomar o fio do tema iniciado.

"Dizias de tuas conjecturas sobre os atlantes...", ajudou Markgraf.

"... Mais precisamente: sobre os sítios por eles determinados para um eventual retorno à superfície dos clãs remanescentes, os sobreviventes do cataclismo que submergiu a Atlântida; ou para os desembarques de seus duplos procedentes de outros sistemas estelares ou, quiçá, de outros mundos dimensionais."

"Deixarei para outra ocasião essa teoria dos duplos cósmicos e dimensionais, que certamente me interessa, mas agora quero concentrar-me no seguinte ponto: consideras que o Recife poderia ser um desses sítios?"

"Possivelmente, Markgraf; busco evidências..."

"Coisas semelhantes aos *menhirs*, aos *dolmens*..."

"... tumbas de gigantes, monolitos", complementou Jerome, "estruturas ciclópeas de todo tipo, particularmente as que nos façam presumir de alguma intenção demarcatória; artefatos, máquinas...”

“Estou tentado a dizer-te que uno-me a essa busca de vestígios em que estás imbuído, Jerome... se esperas que conclua o trabalho cartográfico da costa...”

“Melhor que sigas com tua missão, caro Markgraf”, cortou Jerome, “além do que, são observações que posso fazer sem maiores dificuldades.”

“A propósito de observações, vem bem ao caso comentar contigo o que pude ver quando observei um eclipse solar... eu já estava aqui no Recife, foi em novembro de 1640: não houve o escurecimento que esperava, mas, quando se formou a coroa, um majestoso círculo resplandecente!, desviei a vista ao horizonte dado momento e... detectei três pontos luminosos em movimento... o fenômeno cessou pouco depois, talvez por isso atribuí a que havia retido algum reflexo, provavelmente tinha a vista cansada...”

“... ou poderiam ter sido astros celestiais vistos no exato instante em que entravam em distúrbio de suas rotas cósmicas, pouco antes de se extinguirem numa explosão... um *desastre*”, retorquiu Jerome. “Admiro o trabalho dos astrônomos... é um verdadeiro sacerdócio ter de estar boa parte do tempo aguardando eventos cósmicos! E quando não se repetem tais eventos?”

“Seguimos aguardando! Que mais nos resta? Entretanto, anotamos tudo que vemos, aperfeiçoamos os instrumentos. Jerome... outro tema que quisera indagar-te: quando nos vimos em 1620 vieste ao meu encontro para mostrar-me a carta... era ‘A Morte’, recordas?”, ante a silente confirmação do cigano, movendo a cabeça, seguiu: “... Claro que entendo seu significado e diria que este se pôs de manifesto quando experimentei, pouco depois, uma viagem antimaterial na qual pude incorporar em um soldado holandês; era esta a evolução a que se refere a carta, digo, este seria o limite dessa evolução, ou haverá algo mais?"

"Claro que sim! Sem dúvidas que haverá! Nas viagens que doravante realizarás poderá suceder que incorpores oficiais... capitães, coronéis, generais... e nessa evolução constante, alcançarás formas de vida mais inteligentes...", divertiu-se Jerome.

"Oh, Jerome...", riu-se Markgraf, cortando o ar com a mão como a desaprovar o chiste, antes por considerá-lo tangencial à questão que levantara do que falto de substância.

"... Tuas habilidades dependem de ti; para que saibas: eu nunca pude realizar uma incorporação, no entanto já fiz algumas excursões astrais; há muitas variáveis, não tenho receitas", ponderou o cigano.

Nesse momento, irrompeu Adriaen taberna adentro, indo direto ao balcão. Constance servia pratos de ostras fritas quando ele chegou e murmurou-lhe algo, certamente avisando-lhe da presença de Markgraf, pelo que, em seguida, o cartógrafo acercou-se à mesa do amigo. Depois das apresentações, Adriaen senta-se; surpreso, acabara de escutar o epíteto "... o cigano da Silésia", dito pelo astrônomo, e ficara embasbacado. Acostumando-se com a idéia no transcorrer da conversa, afinal de contas o homem que ali estava era mesmo de carne e osso, Adriaen não demorou em propor a Jerome que lhe deitasse as cartas do

Tarot, no que foi gentilmente atendido. O cigano decidira utilizar apenas os arcanos maiores na consulta. Embaralhou-os, dividiu-os em três partes, voltou a juntá-los. Finalmente colocou as cartas uma por uma, figuras ainda voltadas para baixo, sobre a mesa. "Será uma consulta breve... faremos a *Celestial*... essa disposição das cartas oferece um bom panorama do caminho...", explicou. Em seguida, deitou oito cartas: a primeira, correspondendo à posição zero, no centro; ao redor deste, formando um círculo, as sete restantes.

32

Markgraf contava a Adriaen sobre o significado da presença de Jerome no Recife. Era importante apoiá-lo nas tarefas de sondagem de vestígios, concordaram; os benefícios científicos inerentes ao próprio método de busca pareciam óbvios — havia muito o que aprender com aquele homem sábio — e as repercussões futuras ajudariam a que em Nova Holanda por fim vingasse a idéia de uma universidade e a que a região ganhasse fama como centro mundial de estudos, "uma idéia que Sua

Alteza, o príncipe, canta aos sete ventos e a WIC escuta com pouco ou nenhum entusiasmo... Imagina, estimado amigo, termos aqui em Maurits-Stadt mestres como Descartes, Gassendi, Torricelli, por exemplo... claro que incluiria Johan Hevelius, um colega astrônomo que há tempos gostaria que estivesse conosco; a propósito, dias atrás recebi carta sua contando-me que está compondo um mapa da Lua, o que o faz colega teu também, Adriaen... um cartógrafo lunático!", gracejou, dessa vez sem causar hilaridade, sequer um esboço de riso no amigo. Adriaen, imerso em seus próprios pensamentos, se por perto estava, era só por força de expressão de um dizer: estava na esfera da Lua, enquanto o astrônomo discorria entusiasmado sobre planos e sonhos; não deixara de escutar o eco da história real de sua amada Constance; seu semblante tinha perdido aquela luz que habitualmente irradiava. Veio então o desabafo: o cartógrafo disse dos receios que tinha sobre uma revelação tardia, e por isso mesmo mais dolorosa, daquilo tudo que havia deixado o tropeço amoroso do *Velho* O'Connor para sua queridíssima filha. Tomando essa história com a objetividade que torná-la-ia mais dúctil, Markgraf ponderou que de nada adiantaria que Adriaen se deixasse perturbar, instou inclusive a que o amigo afastasse tais pensamentos, "pois, se como alguém disse, o pensamento atua poderosamente na realidade, preferível seria que esperes, sem desperdiçar tuas forças; um provérbio oriental ensina que se um problema que se te apresenta tem solução, de que preocupar-te?... e se a solução não existe, de que preocupar-te?..."

33

A petição feita pelo Alto Conselho de ocupar a casa do príncipe, logo que este transladara-se ao palácio de Vrijburg, foi negada por Sua Alteza. Em resposta, ele justificou que de há muito considerava cedê-la aos seus assessores de governo; que já não cabia deixar desatendida a necessidade de um espaço mais adequado às reuniões e aos estudos dos cavalheiros que com ele colaboravam. Ciente de que estava dispondo de um bem que não lhe pertencia, posto que a casa era de propriedade da WIC, o príncipe deparou-se com que, em sua decisão, havia frustrado um requerimento a todas luzes encaminhado por mera formalidade e que, portanto, seu veto estivera fora de cogitação nas avaliações prévias dos conselheiros; em outras palavras, o que fizera fora nada mais e nada menos que lançar um balde de água bem fria nas ungidas cabeças do Alto Conselho. Para evitar que o mal-estar crescesse, o príncipe chamara os conselheiros à razão de que a decisão era uma conseqüência lógica do fato de ali já estar funcionando o observatório astronômico e de estudos meteorológicos, e prevalecera essa boa saída, espécie de *coup de maître* contra o requerimento da entidade que considerava saudável que existisse, porém não desejável como vizinha, em Maurits-Stadt, assim a tão curta distância de sua nova residência do sítio dos coqueiros.

No Vrijburg chegou a notícia de que um estranho animal, aparecido morto sobre a ilhota de areia próxima do Forte Fredrick-Hendrick, tinha sido recolhido por soldados dessa guarnição e estava sendo examinado por Willem Piso. Horas depois, em visita ao palácio, Willem comunicara ao príncipe que se tratava de uma criatura ainda não descrita pela ciência natural, o mais parecido que lhe ocorria comparar seria com o *walrus* das águas gélidas do norte da Escandinávia, igualmente grande e pesado e de pele escura e lisa; tinha, porém, as nadadeiras, mais que este último, semelhantes a braços, arremedos de braços, melhor dizendo. Outra diferença era que não tinha aquelas longas presas do animal das regiões frias; parecia peixe mas não era: ao dissecá-lo, o doutor verificou carne vermelha de consistência fibrosa e vísceras não muito diferentes das humanas.

Ao tomar conhecimento do ocorrido, Markgraf dirigiu-se ao reduto, passando no caminho pela casa de Frans Post, a fim de convidá-lo a que este o acompanhasse, papel e lápis na mão, para realizar um desenho do comentado animal. No forte, começavam já a especular sobre a origem da malograda criatura. Relatos antigos de navegantes foram recordados. Folhearam atentamente bestiários fantásticos, normalmente tidos como literatura exótica para mero entretenimento. Até que Zacharias Wagener percebeu, em meio a suposições que entravam irremediavelmente em um círculo vicioso, um detalhe que escapara a todos: desde que foi recolhido por soldados do forte, até aquele momento, o animal só havia passado por vistas de gente da WIC; propôs então chamar alguém da terra, aí estaria uma possibilidade de resolver o mistério. Dito e feito. O próprio Zacharias foi quem trouxe Luís dos Santos, aliás havia pensado mesmo nele quando fez a tal proposta e encontrou-o ainda nas imediações como quando antes o havia visto. Entrou Santos. Deu uma volta ao redor da mesa onde a criatura estava, de boa forma reconstituída exteriormente, a fim de que Frans pudesse retratá-la por inteiro. Parou diante da cabeça do animal e largou:

"Um peixe-boi."

"Peixe é que não é, Santos... fiz um exame minucioso...", disse Willem Piso.

"Boi, muito menos, doutor... no entanto, é assim que se chama: peixe-boi."

"É... até que se parece mesmo com um boi...", concordou Frans.

"Um boi na água, um boi no ar... não falta acontecer mais nada neste aprazível lugar", Zacharias arriscou um verso jocoso.

"Chame como se chame, o animal merece ser bem documentado e catalogado...", afirmou terminante Willem.

"... e bem assado", Santos deixou escapar o comentário gastronômico, esquecendo momentaneamente que o animal tinha sido encontrado morto, fato que desaconselhava seu consumo por nocivo à saúde, ao que logo emendou: "Quero dizer, se tivesse sido caçado com arpão, como normalmente se faz... sua carne é de sabor excelente, quando assada se parece muito a lombo de porco."

"E de que se alimenta o peixe-boi?", perguntou Markgraf.

"Come plantas, que eu saiba. Certa vez aproximei-me, o mais que pude, de um deles, só para ver como comia a folhagem do mangue."

"Encontrei isto no estômago do nosso...", disse Willem exibindo um bracelete de ouro; a peça, finamente executada, tinha uma inscrição. "... Aqui parece estar escrito algo", indicou, "reconheço algumas letras; poderia tratar-se de escrita hebraica... ou fenícia..."

"Nada raro que o seja, Willem", disse Markgraf, apertando os olhos enquanto examinava a inscrição. "... A hipótese de que os nautas fenícios estiveram por essas costas é discutida por muitos cartógrafos. Conheço uma pessoa que poderá emitir um critério bem fundamentado sobre este adorno e traduzir a inscrição... e, o que é melhor, sem cobrar uma só moeda."

A palestra fornecera bons elementos para uma descrição bastante razoável sobre o peixe-boi, inclusive algumas sugestões para sua catalogação sob uma denominação científica em latim: *Bovinus aquaticus*, *Bovinus mare*, e uma terceira, um tanto forçada — *Bovinus aqua mauritius*, eliminada depois por Willem

Piso, quando cortesmente concedeu ao príncipe a primazia de escolher a opção que mais lhe parecesse bem soante.

"É escrita fenícia, Markgraf", confirmou Jerome, "... aqui diz: 'Tiro... ano 15 do glorioso rei Hiram'."

"Então estamos diante de uma valiosíssima descoberta!"

"É sabido que os fenícios realizaram navegações pela costa africana e por muitas outras partes do mundo... mas eles eram muito secretos, não propagavam suas explorações e descobrimentos, decerto temendo que suas rotas fossem seguidas por outros povos e, por conseguinte, se vissem diminuídas suas vantagens de exclusividade nas terras novas. Admitindo que numa de suas freqüentes viagens à África alguns deles tenham se aventurado em cruzar o mar Oceano... Poderíamos pensar que por aqui estiveram... os fenícios possuíam notáveis conhecimentos náuticos!"

"Poderíamos pensar... Escutei bem?... Só isso?"

"O bracelete não constitui uma prova irrefutável, Markgraf... E se foi extraviado por algum colecionador de antiguidades? Entretanto como peça é de valor incalculável: o apogeu dos fenícios, que além de hábeis navegantes e construtores navais eram grandes artesãos, ocorreu setecentos anos antes de Cristo, ou seja, mais de dois mil e trezentos anos atrás!"

"Tens razão; ademais começo a achar que magnifiquei a questão... Não saberia muito o que fazer se porventura chegasse a uma certeza; dizer o quê?... 'Senhores, os fenícios sabiam da existência dessas terras de América...'? Pode ser divertido, mas não creio que sirva muito..."

"Não pensei desapontar-te tanto..."

"Cedo ou tarde eu chegaria a essa mesma conclusão, Jerome; meu pensamento está voltado para o futuro, esta é a medida que uso para discernir o que vale a pena ser investigado em profundidade..."

"Manténs ainda teu fascínio pela teoria das 'Zonas de Reunião' dos atlantes?"

"Todo meu entusiasmo, querido amigo; a questão é importantíssima e de muita vitalidade."

"Então ouça: surgiu algo importante e já pedi ao cartógrafo van der Zee que faça uso de seus bons ofícios ante o frei Manuel Calado para as verificações iniciais... Tudo começa quando O'Connor me conta que, por volta de 1609, conheceu um frade de nome Pacífico da Cruz, do Convento de Santo Antônio, à época em construção. Uma vez por mês, O'Connor visitava o recolhimento dos religiosos para levar-lhes vinho e outras provisões, e nessas ocasiões sempre se demorava para conversar com o frei Pacífico, no mais das vezes sobre temas náuticos. Deu-se então que O'Connor descobriu que o frei era um exímio construtor de modelos em escala reduzida de embarcações de todo tipo e época; pequeninas naves, feitas com requinte de detalhes! Dentre os desenhos que o frei usava para executar seus modelos, certo dia O'Connor encontrou os planos de um estranho artefato. Sem entender patavina do idioma do manuscrito, no qual estariam, por certo, as indicações sobre utilização e finalidade do artefato, os tamanhos das peças que o compunham, materiais a serem empregados em sua manufatura etc., etc., O'Connor perguntou ao frei que coisa era aquela, e a resposta obtida foi a de que ele tampouco sabia e que havia conservado aqueles desenhos na esperança de algum dia encontrar quem pudesse interpretá-los. A única coisa que podia dizer era o que havia escutado de um monge beneditino: o texto dos planos estava escrito em um idioma muito, muito antigo; talvez fosse o que os cabalistas davam o nome de 'a língua dos pássaros'..."

"Um manuscrito em argot... com a descrição de um artefato mecânico!"

"Isto mesmo; e é muito possível que esteja no convento, pois o frei Pacífico morreu e foi sepultado ali..."

"Fazes alguma idéia do que possa ser?"

"O'Connor recordava que era uma caixa retangular de cujos lados verticais saíam cilindros; disse-me também que havia duas grandes rodas unidas por um eixo que atravessava a dita caixa no sentido horizontal e finalmente lembrava que uma barra atravessava a caixa verticalmente, como uma coluna, fixando-se numa base de pirâmide; que na extremidade superior dessa mesma barra desprendia-se algo assim como um prato com a concavidade voltada para cima; que o diâmetro desse prato era suficientemente grande para cobrir o conjunto antes descrito... isto é o que seria mais ou menos, de memória, a forma exterior do artefato, já o que tinha por dentro... Agora, respondendo à tua pergunta: nunca vi nada parecido..."

34

Confirmando uma das previsões do Tarot, Adriaen recebera notícias de casa. A carta enviada por sua irmã, Katharina, dizia como segue:

Querido irmão,

Sendo esta a primeira carta que vos escrevo, todos os meus sentimentos, ao momento de tomar a pena e ferir o papel que agora tendes em mãos, tornam-se intensos. Minha alma debate-se entre a alegria de saber que ao lerdes as presentes linhas instalar-se-á o sublime momento de reunião familiar, e a tristeza de que esta reunião estará incompleta por motivo da ausência de nosso amado pai. Sua passagem ao outro lado do rio que faz a fronteira entre o nosso mundo e o outro que chamamos Céus há de ter sido abençoada por Nosso Senhor Jesus Cristo, ao lado de quem deverá permanecer por todo o sempre, gozando da paz maior no seio generoso da Santíssima Trindade. Foram moléstias do coração o que causou a partida de Antonis Pieterszoon, porém sucedeu sem arrebatamento: de minha parte já temia que a gripe que o deixara prostrado no leito fosse uma mensagem da ceifadora de vidas e foi esse pressentimento que me levou a convocar Fransiska, residente agora em Amsterdam, que logo se juntou a nós naqueles dias de despedida ao velho pescador. Todos sentimos vossa falta. Fransien, cujo esposo leciona matemáticas no Ateneu de Amsterdam, alegra-me com o que me diz que nos meios acadêmicos circulam elogiosos comentários sobre o governo de Sua Alteza, o príncipe de Orange, no Brasil, o que nos tem orgulhosas ao recordar que nosso irmão toma parte do mesmo, mais ainda quando certas estamos de que o fazeis com a honestidade e a sabedoria que vos caracteriza. Falam das muitas obras que por aí estão realizando, do bom serviço de saúde pública, escolas para o ensino dos Santos Evangelhos aos naturais da terra (isto me assusta um pouco, é verdade que são canibais? Espero que essas sejam lendas), de uma grande ponte, de um belo castelo para o príncipe, de um jardim botânico, e outras boas coisas mais. Fico pensando quanto trabalho deveis ter nessa empresa de valentes. Wim, em dias passados, conheceu um bom homem, agricultor nos campos de tulipas entre Leiden e Haarlem, e deu com que este era o irmão mais velho de vosso entranhável amigo Paulus, que agora se encontra em Malacca, para onde foi sob o patronato da Vereenigde Oostindische Compagnie [Companhia das Índias Orientais]. *No que tange a nós, irmão meu, podeis estar certo de que a fé em Deus e a harmonia estão presentes em nosso lar, as crianças crescem saudáveis, e Wim é o mesmo dedicado pai e esposo de sempre. Para o final, peço-vos que eleveis uma fervorosa prece ao Senhor, em memória de nosso pai, com quem havemos de reencontrar-nos quando chegue nossa hora.*

De Rotterdam, aos vinte e cinco dias de maio do ano da graça de Nosso Senhor Jesus Cristo de 1642.

Afetuosamente,
Katrijn

Uma noite de meditação, revisitando os dias da infância. Miríades de imagens, em repasse nostálgico, desfilavam por sua mente: o mar do Norte, no dia em que o avistara por primeira vez; a ruidosa aglomeração dos pescadores e marujos, na hora da pesagem dos peixes; o escorregão e o tombo que sofrera calado, na proa, contendo o choro; o pai explicando pacientemente a feitura deste e daquele outro nó; um sorriso matreiro, bem disfarçado de cerimonioso, e um arenque nas mãos: o pai, oferecendo-lhe o peixe, celebrava assim a primeira pesca em barco do precoce "contra-almirante" Adriaen; a âncora não se tornava menor e mais leve, nem a vela, nem o barco: era o menino que crescia...

Findo o torvelinho de lembranças, rezou pela alma de Antonis e dedicou-lhe um acróstico, assim escrito no diário:

A *ntonis,*
N *unc*
T *uus filius*
O *ra;*
N *avigantibus*
I *nvocat*
S *tillantibus ocellis.*

[Antonis, agora teu filho ora; e com olhos lacrimejantes invoca a todos os navegantes.]

Outro poema acróstico para encerrar um ciclo mais de seu calendário: seu *Anno 2* chegara ao final.

Insone, Adriaen nesta mesma noite ainda revisaria dois relatos de Markgraf, que se haviam acumulado nos últimos meses. Ei-los, a seguir, na forma final que tomaram:

Relato 4: março de 1642
Lugar e ano de destino: cabo de Santo Agostinho, 1500

"Reconhecia aquele lugar: era o cabo de Santo Agostinho.[1] *As praias dos arredores desse gracioso ponto do litoral já tinham sido por mim percorridas, detendo-me em cada uma delas, para admirar a bela paisagem, uma dádiva da Natureza. O tempo não era o nosso; constatei, enquanto flutuava nos ares, que não estavam lá os redutos que conquistamos aos portugueses nem os que levantamos faz alguns anos, e — o que era mais surpreendente — não estavam lá os coqueiros!*[2] *Mas a minha ignorância*

calendária durou pouco; a possibilidade de averiguar em que ano fui dar nesta viagem surgiu diante de mim, balançando docemente sobre as águas do mar: quatro naves, quatro caravelas, dar-me-iam a resposta, bastando apenas que, uma vez a bordo de alguma delas, verificasse a data no diário do capitão. Eram os vinte e oito dias de janeiro do ano de 1500... tive a sorte de encontrar o capitão, seu nome era Vicente Yañez Pinzón, tomando notas em seu diário de navegação. Escrevia o capitão, que por sua aparência deveria ter algo mais que 50 anos de idade, em idioma castellano*; dizia encontrar-se reabastecendo a expedição com água e demais provisões da terra etc., etc., para em dias vindouros seguir viagem em direção norte, e que havia achado um bom nome para o formoso lugar, que outro não podia ser, porque homem de gratidão considerava-se ele, senão o de cabo de* Santa María de la Consolación*, honrando assim a Virgem, por dúvida não ter de que fora por obra milagrosa desta Mãe Puríssima que lograra superar a pior tormenta que em anos sofrera, sem haver perdido uma só nave das que em sua companhia partiram de Palos. (Interrompi a Markgraf neste ponto para dizer-lhe que sabia quem era aquele capitão. Pois se não era o mesmo que estivera ao comando da caravela* Niña *da frota de* Colombo*! Parecendo não ter gostado muito do meu repente — talvez porque este chegara justo quando algum esforço fazia por relembrar o que lera no diário de Pinzón —, ele resmungou: "Guardai vossos comentários para as notas explicativas, caro amigo..." Desculpei-me pelo* ex abrupto*). O mau tempo os havia surpreendido aos nove dias de terem passado pela ilha de Santiago do Cabo Verde, obrigando-os a que efetuassem manobras de desvio, tomando o rumo mais a sudoeste, o que os levara* *ao descobrimento* 'de estas partes de las Indias pera elrey de Castella'. *Quando nesse trecho de leitura estava, entraram dois indivíduos que logo vim a saber chamarem-se Juan e García.*[3] *A conversa entre os três espanhóis fazia referência a que os homens enviados à terra haviam observado pegadas recentes na praia... O capitão Vicente Pinzón escutou serenamente o informe e disse-lhes que tomassem as precauções; que avisassem a todo o destacamento em terra sobre o obrigatório uso, dia e noite, de suas couraças e capacetes, a modo de um maior resguardo possível ante as flechas dos índios. E que Deus os livrasse de que os inimigos as enviassem embebidas em veneno mortal... Contou-lhes das perdas humanas que tiveram de lamentar quando do desembarque na ilha de San Salvador, naquele ano de 1492 em que acompanhara o almirante Colombo em sua expedição. Muito tato, pedia o experiente capitão aos seus auxiliares. Seguindo com outro tema, perguntou-lhes como estava indo o aprovisionamento de madeira; exigiu que intensificassem o ritmo de trabalho na extração e na preparação do material: a eventualidade de uma partida precipitada por algum ataque dos selvagens entrara na ordem do dia... Em seguida, retiraram-se os colaboradores, e Pinzón voltou ao diário. Resolvi dar por terminada minha visita indiscreta à cabine do navegante espanhol e saí em excursão aérea pelas imediações. Ora, pensava naquele momento, eu tinha mais o que fazer! Além do mais, aqueles loucos cavalheiros de Espanha sequer tinham a menor idéia de que estavam no Novo Mundo! Que ingenuidade... Índias, pensavam eles! (Não quis interromper o discurso burlesco de Markgraf, mas que senti vontade de lembrar-lhe que, em 1642, trabalhamos para a West-Indische Compagnie [Companhia das Índias*

Ocidentais], confesso que senti... porém, sigamos...) A Natureza esplendorosa de Santo Agostinho era o que queria admirar, e a oportunidade de fazê-lo desde as alturas era um regalo dos deuses... O dia, ensolarado, parecia resumir, em si, tudo de melhor que o mais sensível dos poetas pudesse escrever sobre o verão nessa latitude... Foi quando começou a chover, foi isto que fez com que eu despertasse do sono profundo em que mergulhei quando, sem haver pensado em realizar viagens antimateriais, deitei-me para um breve descanso nas areias de uma praia próxima à vila de Olinda..."

Notas ao Relato 4:

1. Ponto geográfico que dista do porto do Recife umas oito léguas e meia, em navegação costeira, direção ao sul. Latitude: 8°15' ao sul da linha equinocial;

2. O coqueiro, planta que atinge, quando adulta, de 30 a 40 pés de altura, em média, aclimatou-se tão bem nas praias desta região da província de Pernambuco que, com o passar do tempo, veio a constituir-se vegetação típica, encontrada ao longo de toda a costa; entretanto, foi trazida da Índia, pelos súditos portugueses, por volta de 1530. Seu fruto, o coco, além de fornecer uma deliciosa água, de sabor levemente adocicado, tem uma polpa comestível, tanto em seu estado natural, como cozida no preparo de diversos pratos e sobremesas. Do ponto de vista médico, outro atributo dessa água-de-coco é o seu bom proveito no tratamento de enfermidades renais;

3. O mencionado Juan, provavelmente seria Juan de Umbria; enquanto García poderia corresponder a um dos seguintes: ao físico, que também cumpria labores como escrivão del rey, *García Hernandez; ou a outro companheiro dessa mesma viagem, García Hernandez de Huelva;*

Relato 5: junho de 1642
Lugar e ano de destino: Ferrara, 1535

"'Acompanhai-me ao convento, viajante', sussurrou-me o homem, enquanto eu, recém-chegado àquela cidade, parado estava diante da catedral a observar os circunstantes. Surpreendido — tornei-me visível para todos naquele lugar? — voltei-me para ver quem chamava, e ele continuou: '... não digais nada; acompanhai-me, ninguém mais vos está vendo e eu não quero que me creiam um louco a conversar com espíritos do além!' Mais claro e direto não podia ser. Segui-o e, chegando a um convento, um monge se aproximou esfuziante para saudá-lo. 'Messire *François! Acabo de saber de vossa chegada... Ferrara é afortunada por ter-vos de visitante... ou será que a honra maior de virdes a aqui fixar residência nos aguarda?'. O monsenhor François esclareceu que estava mesmo apenas de passagem, iria a Roma dentro de poucos dias. Que valha o preâmbulo; realmente quando o vi, logo que me sussurrou, não o reconheci — passou-me rápido pela mente algum retrato, porém não acreditei; era ele mesmo? — depois, quando seu nome foi pronunciado pelo monge, caíram por terra minhas dúvidas que bem enterradas ficaram quando já sem ninguém por perto, no aposento de hóspedes dos beneditinos, o monsenhor me disse: 'Nos mosteiros, falar sozinho — e deixemos que assim pense quem eventualmente escute o que estou a falar — é algo trivial... estejais à*

vontade, viajante... François Rabelais[1] *é como me chamo.'*
'Encantado, messire *François; meu nome é Georg Markgraf.'*
Antes de seguir, saiba o leitor que o encontro com Rabelais merece um registro em forma dialogada — chega a ser quase que obrigatório; os que leram algum de seus livros bem o sabem — e assim será; no difícil exercício a que me proponho, deve predominar a essência do conversado, ao menos uma solução permitida pela memória, o literal surgindo por conta de esporádicos lampejos; franqueza exposta, vejamos como nos sai, a mim e ao compilador do presente relato, essa mescla:

'Georg Markgraf... mais um viajante... de outros tempos, suponho...'

'Venho de 1642, messire*; de Maurits-Stadt, cidade holandesa no Brasil; a propósito, em que ano estamos?'*

'1535. Então, de terras do Brasil estais vindo; dizei-me, pois, que buscais em Ferrara...'

'Aconteceu de ter sido a Ferrara esta minha viagem... Ainda não tenho domínio sobre meus destinos nessas viagens antimateriais, messire*; lugares e épocas ocorrem sem meu prévio conhecimento... no entanto, vez por outra certas sugestões, das que vagueiam pela mente, parecem atuar... como agora; creio que alimentava há tempos o desejo de vos encontrar e, quem sabe, também a Pantagruel, Gargantua, Panurge, Thaumasto...'*

'Temo que para os demais citados deveis primeiro buscar o mestre Alcofribas Nasier', disse com ar matreiro Rabelais, e tocou-me amistosamente o ombro, sabendo-me sabedor da pilhéria: Alcofribas era um anagrama tirado do seu próprio nome para ser dado ao imaginário narrador de seus livros; todos sabiam dessas suas brincadeiras.

'Então vos proponho que comecemos a conversar entre os três: quem vos fala, messire *François e mestre* Alcofribas, *será gratificante ouvir a ambos, conforme vosso espírito determine quem deva intervir...'*

'Bem se vê que deveis ser um iniciado, monsieur Georg.'

'Filosofia, Qabbalah, *Vedas, Astronomia... sou astrônomo,* messire', *disse-lhe, restringindo-me às minhas preferências.*

'Extraordinaire! *E o futuro, como é o futuro?'*

'Não existe', respondi e deu certo: caímos ambos numa sonora gargalhada; ao que segui: '... Mesmo assim, admitindo tal abstração, vos descrevo o panorama de 1642: os holandeses têm boa parte do mundo, muitas terras ricas de além-mar, nas mãos; Espanha, entrando em decadência nos mares e nos comércios; Portugal, com a mesma sorte, ambas salvando-se um pouco por possuir a primeira das terras de América mais a ocidente, e os portugueses — ainda — a maior parte do Brasil; França e Inglaterra, com alguns tropeços, e com muitos piratas e corsários bem financiados por seus reis, tiram proveito das debilidades de uns e outros...'

'Pelos colhões dos bispos! Os flamengos cruzando o mar Oceano? Os ibéricos perdendo poder?'

Comentei umas quantas coisas mais dos acontecimentos desses cem anos que nos separavam — ou 'que não nos separavam'? — fazendo uma resenha que, se bem serviria a Rabelais para que dela eventualmente viesse a fazer uso — com parcimônia, fez questão de me dizer — nas então vindouras edições de seu Almanaque *e do* Prognóstico Pantagruelino,[2] *certamente aborreceria ao leitor mais ávido por outras facetas desse encontro; por tal motivo, damos um salto mais adiante na palestra e aí vamos:*

'O Prognóstico, *com novas predições, sairá do prelo antes das próximas feiras de Lyon e de Frankfurt! Pena que não poderei agradecer publicamente vossa colaboração,* monsieur Georg, *pois, pelos meus cálculos, sequer vossa digníssima tataravó ainda foi parida', disse* messire *François e me deixou por momentos pensando nessa capacidade que tinha ele de, sem pestanejar, passar-se do cerimonioso ao jocoso... Rimos.*

Aproveitei para contar-lhe que quem me introduzira o gosto pela leitura havia sido minha avó e que entre os primeiros livros que li estava seu Pantagruel*; foi com essas crônicas que se desatou em mim um tal fascínio por sua obra que — nesse momento em que o assunto vinha à baila, recordava — chegou ao ponto de ter sido seu* Quarto Livro *a influência maior em minha decisão de lançar-me à grande aventura do Novo Mundo. Ao que* messire *François me disse:*

'Já estais a picar-me do veneno da curiosidade, pois acabais de mencionar um Quarto Livro *quando ainda não inteirou um ano de que foi publicado* Gargantua, *meu segundo... De qualquer forma, agradeço vossa deferência... estranha essa sensação de estar diante de um leitor de um livro meu que eu ainda não escrevi...'*

'Mais que isso não direi, messire*; evitar-vos-ei o enfado de saber quantos ireis escrever', disse eu, assumindo que Rabelais não desejava informar-se de tanto, nem eu mesmo queria abusar nas antecipações do que para mim já era história.*

'Então contai-me de vossas aventuras no Brasil, monsieur, *que muito sempre quis saber dessas terras, sobretudo desde que*

durante estância minha em Saint-Malo — disso fará uns seis ou sete anos — ouvi histórias de marujos que lá por esses trópicos estiveram; presenciei inclusive o batizado de uma índia, trazida de lá pelo capitão Jacques Cartier...'[3]

Não era muito o que tinha para dizer: minhas atividades de rotina, uma que outra anedota saída das festas do príncipe, algumas viagens pela província, impressões causadas pelas maravilhas naturais etc. etc., nada enfim muito diferente, embora nunca igual, à idéia que fazia do Novo Mundo messire *François. Quando falei deste livro, em que relato a meu amigo Adriaen van der Zee esta e outras viagens antimateriais, ele me veio com o seguinte comentário:*

'Se vier a ser publicado também em forma antimaterial, reservem três exemplares. Despachem um exemplar ao céu, outro ao purgatório, e o terceiro ao inferno; em algum desses endereços estarei e vos serei eternamente grato.'

Dizer o quê? Segui-lhe o jogo, rindo-me por dentro, e atuei inclinando para adiante a cabeça, em gesto cortês de atenção ao disparatado pedido.

'Seja feita — se a ciência ou a magia o permitir — a vossa vontade...'

'A qual magia vos referis?'

'A dos sábios druidas, a dos atlantes, persas, egípcios, hindus...'

'Mas todas essas são ciências!', exclamou Rabelais.

'... No que estou inteiramente de acordo, messire; *o dito por mim vem a propósito de que muito do que em algum momento muitos julgam ser magia, vem a ser, em verdade, ciência ainda não revelada, ou ainda não redescoberta...'*

'Muita razão tendes, monsieur; *eu diria que a própria palavra magia — que em grego vem de* makhos, *ou* mekhos, *a mesma raiz das palavras máquina e mecanismo — tem sofrido desgaste pelos tempos afora, por culpa de falsificadores e charlatães; mas o pior é que com esse pretexto chega-se ao obscurantismo movido pelos papistas contra os autênticos homens de ciências.'*

'É interessante a idéia do livro antimaterial; só de pensar já é fascinante', retomei o assunto do qual nos havíamos desviado.

'Que outras coisas desejaríamos que fossem convertidas ao estado antimaterial? Por que não fazemos uma lista? Vejamos...,

Uma relação de comidas e bebidas elaboramos — fiz questão de incluir também água, preocupação que tenho desde que no Recife, onde quase tudo é água, a que serve para beber tem de vir lá das bandas mais além da vila de Olinda, trazida em barcos — cuidando dos detalhes nas providências que venham a quebrar a monotonia da eternidade seja qual for nosso endereço...

'... E também uma boa quantidade de chuvas torrenciais, para amenizar a temperatura nas profundezas do inferno, se quereis tomar todas as precauções ante um nefasto destino', disse eu, um tanto a contragosto, pois, sem ser um santo, não podia imaginar-me habitando aquelas regiões.

'É boa providência; mesmo no céu, dado que deve estar situado por sobre as nuvens, uma boa tempestade será motivo de alegria para a população.'

Nesse momento, Rabelais advertiu-me de que eu estava começando a desaparecer, aos poucos, pelejando entre ficar momentos mais ou regressar à minha época; terminava assim minha viagem a Ferrara; despertei sendo sacudido por Willem[4], que não entendia por que eu ria tanto estando adormecido... para mim era um bom sinal: devolveu-me a confiança de que, quando chegue minha hora, irei para o céu espiritual, onde espero voltar a encontrar messire *François para outras boas conversas...*"

Notas ao Relato 5:

1. Escritor francês, autor das populares crônicas de Pantagruel e Gargantua, ao todo quatro livros, publicados entre 1532 e 1552 (com respeito a um Quinto Livro *a ele atribuído, surgido dez anos depois de sua morte, há controvérsias: alguns exegetas de sua obra o consideram de outro autor que, no melhor dos casos, utilizara-se de anotações preliminares por ele deixadas). Monge franciscano em Fontenay-le-Comte, beneditino de Saint-Pierre de Maillezais, doutor em medicina em Montpellier, Rabelais conseguiu em sua obra fundir bibliotecas de mosteiros e universidades com a sabedoria vestida de sarcasmos e paródias das festas populares; suas crônicas burlescas, nas quais a ousadia do autor comparece também — e não 'tão-somente' — no franco emprego de linguagem escatológica e grotesca, lhe granjearam inimigos no mundo clerical e na Sorbonne de Paris, tendo sido esta vetusta universidade a que promoveu seguidas interdições de seus livros. Sagaz como muitos de seus famosos personagens, a mobilidade de Rabelais entre as autoridades eclesiásticas — foi secretário do bispo Geoffroy d'Estissac e amigo do cardeal Jean du Bellay — permitiu-lhe a continuidade do espírito satírico em seus escritos, fazendo frente às mencionadas condenações e censuras;*

2. Folheto que publicou durante alguns anos, no qual parodiava tradicionais publicações que continham predições de Ano-novo;

3. Esse acontecimento mereceu registro por cronistas portugueses; segundo os mesmos, essa índia teria sido batizada com o nome de Catérine du Brésil, *dado por sua madrinha francesa, Catérine, esposa do capitão Jacques Cartier;*

4. Willem Piso, amigo de Markgraf, era médico e desempenhava funções de assessor do governo do príncipe Johan Maurits van Nassau-Siegen em Nova Holanda, Brasil.

35

Desalentadora fora a resposta do frei Manuel Calado sobre o destino dos desenhos, planos e modelos do frei Pacífico da Cruz. Tal e qual sucedera com os manuscritos e livros do Convento de Santo Antônio do Recife, todos tinham sido destruídos quando em 1630 a WIC ocupara o estabelecimento dos franciscanos para convertê-lo em lugar de alojamento de uma parte das tropas invasoras. Adriaen, no entanto, sem deixar-se esmorecer, queria construir ao menos um modelo do artefato;

não importava que só pudesse ser feito com base no que O'Connor recordava sobre seu aspecto, o interessante seria vê-lo, para reter uma lembrança aproximada do objeto que teria sido. O estranho invento a desafiar a imaginação de quantos se detivessem a examiná-lo — para que serviria?... de onde provinha aquela arte?... seria uma arma de guerra? Além disso, tomar-se-ia pouco tempo em fabricá-lo. Exposto sobre uma pequena mesa colocada em um canto da taberna Virgin, em questão de dias, construído em madeira e metal, lá estava o modelo do artefato ao que puseram o nome de *machina incognita*.

Muitos meses depois, as buscas dirigidas por Jerome eram o tema mais discutido entre os Mensageiros do Futuro. Os confrades, fascinados com a teoria dos duplos cósmicos e dimensionais dos atlantes, tinham nesta um ingrediente a mais em seus ofícios e outrossim uma influência direta na própria maneira em que passaram a observar, de um novo ângulo, todo tipo de gente: moradores, visitantes temporários da província e, sobretudo, os naturais da terra, os silvícolas que aqui já estavam antes que chegassem os europeus. Que traços poderia ter um atlante? Quais seriam suas características? Os mais estranhos indivíduos, os que apresentavam membros com proporções incomuns (referimo-nos a braços e pernas, inclusive), os olhos, sim, os olhos poderiam fornecer boa pista, sempre fornecem... Willem Piso, ao tom desses estudos recentemente propostos pelo cigano da Silésia e adotados pela confraria, descobriu histórias ancestrais entre os indígenas, concluindo que estas tinham pontos em comum com diversas sagas de outros povos antigos. Um curandeiro tapuia, chefe do Conselho de Anciãos da tribo, dera-lhe um testemunho do dia em que espiara um índio gigante banhando-se nas águas do rio dos Marcos. Nessa reunião a que faltara Markgraf, ausente por encontrar-se de viagem, último périplo de levantamento para finalização do mapa da costa, o que mais colocou Jerome de orelha em pé quando ouvia essa história recolhida por Willem foi quando este disse ter tido em suas mãos uma taça que o curandeiro conseguira roubar dos pertences do gigante, corajosa ação do tapuia, um menino de seus 12 anos à época do acontecido. A taça, dizia o médico, era de um requintado acabamento; sua superfície, perfeitamente polida; uma bela peça que estava como nova, apesar de ter — contando-se apenas o tempo em que o velho índio a guardava como troféu da assombrosa aventura — mais de sessenta anos! E tinha um signo gravado no vaso: um círculo dividido ao meio por uma linha reta...

"O símbolo que representa o masculino e o feminino unidos a partir do momento em que o Homem cai no ciclo das gerações e todas as coisas do mundo adquirem forma física... a terceira e a quarta raças da humanidade, segundo os livros secretos dos antigos, estão representadas nesse símbolo...", disse Jerome.

"... e o *diametros* dos gregos", lembrou Willem.

"Claro, os gregos tiveram acesso aos textos secretos e destes extraíram os signos e as alegorias que logo adotaram, acertadamente eu diria, nas matemáticas e nas geometrias... mas voltando ao que dizia: o símbolo representa a terceira raça, a dos semideuses, os homens divinos que ensinaram as primeiras ciências; e a quarta raça, a dos atlantes...", explicou o cigano, terminando com um expressivo alçar de sobrancelhas.

Aquele era um achado importantíssimo, a taça. Jerome encontrara veracidade na história; a evidência descrita por Willem, o grau de excelência que este encontrara naquela taça, o que supõe seu esmerado fabrico, correspondia ao que o cigano já sabia sobre os avanços técnicos em metalurgia da engenhosa civilização atlante. Agora, sim, há de se dizer que a hipótese era formada pela conjugação desses dois fatores: a admirável arte da taça, e nesta uma nota sobre a qualidade superior do metal (que não era ouro nem prata) em que fora executada; e o signo nela gravado... Maravilhado estava Jerome, valeu a pena ter permanecido no Recife quando seu bando seguira viagem ao povoado de Goyana, voltando às suas costumeiras andanças pelos engenhos. Permanecera, confiante de que algo encontraria, e por um estímulo extra: ser hóspede do *Velho* O'Connor servia-lhe para saber mais do Recife e da província de Pernambuco pelas histórias vivas do irlandês, ademais, tinha sua mesa reservada para as sessões de Tarot ali mesmo, na Virgin. As conversas entre os dois certas vezes tornavam-se eternas de longas e talvez dessem um outro livro — sugestão anotada — de tal modo que mais vale aos nossos misteres que retomemos o assunto que quase se nos escapava: estávamos com Jerome e os Mensageiros do Futuro em pleno debate sobre o índio gigante...

"E eram gigantes os originários da Atlântida?", perguntou Frans Post.

"Não; não todos. Os manuscritos falam de sete sub-raças atlantes; algumas tinham o tamanho humano normal... mas quando de gigantes se trata... acho que chega a ser quase um sinônimo, uma alusão direta a alguns clãs do continente perdido...", disse Jerome.

"Mas por que até hoje não ressurgem? O que esperam?", perguntou Zacharias.

"Esperam reencontrar a magia... a pedra filosofal, a consciência cósmica, o elixir, ou até mesmo... a *machina incognita*!", arriscou em tom propositadamente gaiato Adriaen, imitando os gestos amplos dos menestréis.

"Por risível que possa parecer o que Adriaen espirituosamente acaba de dizer, pasmem, senhores, em termos gerais não deixa de ser uma boa hipótese essa que mencionou...", retrucou o cigano. "A resposta definitiva sobre o retorno dos atlantes poderia inclusive estar fora de nossa esfera terrestre; longe... muito longe..."

"Se Georg Markgraf estivesse aqui agora, convidar-nos-ia a subir ao terraço do observatório...", comentou Zacharias.

Depois de laboriosos dias a bordo do *schiff* que o levara na viagem de tomada de pontos da costa para o mapa em fase de conclusão, o astrônomo Markgraf visitava o Forte Maurits, no vilarejo de Penedo, a 18 milhas da foz do rio São Francisco. Eram as seis e meia da tarde, céu magnífico, quando ele terminava de posicionar o tripé; abriu a caixa, retirou o telescópio e enganchou-o no lugar devido. Estava num dos bastiões do reduto, espaço exíguo cedido pelo sentinela cuja rotina era quebrada sem temor a inconvenientes, afinal tempo de paz, de inimigos só os mosquitos. A lua subia no horizonte: sua tonalidade alaranjada, seu tamanho ainda grande, o maior que assume antes de pouco a pouco tornar-se branca em seu percurso no firmamento; a ilusão óptica de deformação em seu contorno ainda presente, ovalada a essa altura em que se encontra. Lua cheia. Apontou-a com o telescópio, e nesta ficaria, quase imóvel, até que o soldado, que lá de baixo não lhe despegava o olho do que fazia, concluísse que não passava disso: o astrônomo recém-chegado de Maurits-Stadt, observando o céu noturno; coisa mais tediosa, impossível... Markgraf contava justamente com esse tipo de apreciações; não queria ter por perto o sentinela, temia pelo que pudesse vir a suceder se o soldado tomasse a surpresa de encontrá-lo adormecido, seu corpo abandonado naquele posto do forte enquanto ele passeava na lua; temia por uma interrupção dessa viagem que lhe exigia tanto esforço de concentração... tanto esforço... seria uma lástima que fosse despertado, amaldiçoaria aquele prestativo soldadinho intrometido! Não. Era por demais provável que acontecesse o corte repentino dessa viagem; não valia a pena se expor dessa forma. Embebedar-se-ia de lua até saciar-se, e depois, na privacidade do quarto, ao recolher-se... melhor assim, nada de pressas inúteis: se conseguisse ir à lua teria de ser uma viagem tranqüila, a mais longa possível, estendida por todas as horas da madrugada.

36

Seria o Recife uma "Zona de Reunião"? – a pergunta se espraiou como uma onda. Sem ter ainda quem dissesse que sim nem quem o negasse, o fato é que o assunto de uma hora para outra tomou vulto. Aderiram à causa da busca de vestígios muitos dos que acudiam à taberna Virgin, sendo os mais compenetrados nessa idéia aqueles que iam a fim de consultar o Tarot ou para dar palpites dos mais estapafúrdios sobre a *machina incognita*. E a convergência ia dando-se de forma natural: essa gente trazia consigo — procurando algum vínculo com a hipótese do cigano — prosas e histórias por deveres de ofício acumuladas por Jerome, que, descartando as invencionices, ia retendo em *bona fide* umas quantas. Dada a freqüência com que lhe chegavam aos ouvidos, começou Jerome a interessar-se pelas que diziam sobre mistérios e mal-assombros que ocorriam nas proximidades da cruz de pedra da entrada do ancoradouro, a poucos passos do Forte de Bruyn. Recolhia semanalmente de três a cinco desses contos que tinham a citada cruz como cenário, número que correspondia tão-só aos de narrativa original, havendo quantidade até maior de relatos que se repetiam, em versões ligeiramente diferentes, por bocas diversas.

Dentre as histórias mais impressionantes estava a sucedida com Salvador Gonçalves, barqueiro de profissão, contada com detalhes pelo mesmo. Disse que cansado de sustentar argumentos contra o que tomava por crendice dos amigos que juravam ter presenciado fenômenos sobrenaturais nas cercanias da cruz de pedra, decidiu-se por dar uma volta pelo lugar. Eram as cinco da tarde quando avistou uma grande nave, um galeão — surgira-lhe *impromptu*, como uma miragem — e notou que nos arredores nada se movia; as águas se detiveram; as nuvens, o vento, até os caranguejos que por ali via entrar e sair de buracos na terra ficaram quietos. Nenhum som, ruído algum provinha de outros barcos, calaram-se vozes de marujos em suas rotinas. Logo viu descerem do galeão um bote com três homens, o mar voltou ao seu aspecto habitual; aguardou-os: quem, senão ele, estava em condições de receber os estranhos visitantes? Esperou que chegassem e vai que concorda em acompanhá-los de volta ao barco. "O capitão quer vê-lo", foi a única frase dita por um deles; nada anormal — aceitava resignado — considerando-se o que já acontecia à sua volta, mistério a mais ou a menos... Com o bote cada vez mais perto do navio, Salvador depara-se com uma cena fantástica... em curtíssimo tempo, ele assiste horrorizado ao que a Natureza leva meses, em alguns casos anos, para levar a efeito: a putrefação de corpos humanos. Os três marujos eram agora três cadáveres decompondo-se rapidamente, até se reduzirem a nada mais que esqueletos! Querendo por tudo evadir-se dali, pois o silêncio do instante nutria-lhe um medo capaz de, quem sabe?, imobilizá-lo naquele assombroso mundo, completa o que falta do percurso e toma das cordas da escada para abordar o galeão, respiração e pulso acelerados, e quando atinge a primeira coberta do barco, encontra mais esqueletos... nesse momento um pigarro denuncia a presença de alguém, por fim alguém vivo: era o capitão — ou tudo indicava que assim o fosse — que o esperava no castelo da proa, olhando-o fixamente... O que se seguiu foi que o capitão, apontando para a cruz de pedra, disse que um membro da Ordem de Cristo a havia mandado erigir, "... com o propósito de celebrar uma revelação a ele proporcionada e que tendo sido por esse ato fundada, a cruz perdurará pelas centúrias, e centúrias e testemunhará a transição...", concluiu. Salvador, nesse momento, viu formar-se um cone de luz ao redor do capitão que gradualmente se foi esvaindo até desaparecer por completo; pouco depois, sem saber como, o barqueiro deu por si no mesmo lugar onde tudo começara. Por muitos anos Salvador ocultou essa história, entretanto, desde esse dia, passara a ser outra sua atitude ante quem fosse que lhe contasse sucessos de similar natureza.

Nem o frei Manuel Calado, indagado por Jerome sobre se algo conhecia a respeito da origem da cruz de pedra, soubera dar luzes sobre a questão, contudo considerara plausível o que Salvador Gonçalves dizia ter escutado do capitão...

"Atendo-me a alguns escritos e relações, posso afirmar que uma centúria já foi vista por aquela cruz..."

"E que sabe vossa mercê acerca da Ordem de Cristo?"

"O que é por muitos sabido: que veio a suceder a Ordem do Templo em Portugal; que se tornou depositária das propriedades dos templários no reino, incluindo o grande mosteiro de Tomar, o qual tive a honra de visitar; que os destemidos navegantes portugueses do passado século eram cavaleiros dessa Ordem; que..."

"... Perguntava sobre a missão maior da Ordem, frei", interrompeu Jerome.

"Se o soubesse, não cometeria uma inconfidência — percebo que vossa mercê tenciona entrar em conteúdos menos aparentes, pois não? — mas sim, posso dizer-vos que com o correr dos anos a coroa portuguesa foi ditando algumas regras que contrariavam acordos com a Santa Igreja. Em determinado momento, a religião estivera quase que excluída, os preceitos da Santa Sé a rigor tiveram como último reduto o castelo-mosteiro de Tomar; o título de grão-mestre era um privilégio exclusivo dos monarcas lusitanos; o voto de celibato foi comutado por uma pretensa castidade conjugal para atender aos membros que viviam em concubinato; anos depois aboliu-se o voto de pobreza; foi-se pondo a um lado o caráter monástico original das milícias da Ordem, que não passava de ser mais que uma instituição condecorativa da vaidosa realeza. Como religioso e modesto historiador, faço uma ressalva ao obrado pelo glorioso rei D. Sebastião em prol de restituir a unidade entre monges e cavaleiros, sob os princípios que presidiram à fundação da Ordem Militar de Cristo, missão inconclusa devido à sua tão lamentada morte em batalha; o povo que o amava tem fé que D. Sebastião regressará um dia..."

"... E nos nossos dias, que papel desempenha a Ordem?"

"Já estava por chegar ao ponto; um grande aliado da Igreja, o rei Felipe IV de Espanha, há pouco mais de dez anos restabeleceu por decreto todos os votos e todas as normas de caráter religioso da Ordem; a Santa Sé volta a ser ouvida e obedecida."

Sabia bem mais sobre a Ordem de Cristo, o frei. Contudo se utilizara habilmente de digressões, e de forma intuitiva, servira a Jerome uma palestra da predileção do cigano, que, com todo aquele assunto dos ciclos da criação e da duração do mundo e de suas interpretações, preenchera o tempo, evitando questões embaraçosas. Distanciando-nos das filosofias desse encontro com Jerome, repararemos em outro tipo de inserção do frei Manuel Calado na história que nos ocupa narrar: o religioso sabia também sobre fatos que aconteciam às caladas em Pernambuco; continuava acendendo suas duas velas: uma ao reino ao qual se devia como súdito; a outra aos holandeses que estavam ali, poderosos, donos do lugar. Movia-se no território instável da província ocupada, como um camaleão: mudava de cor para sobreviver; suas boas relações com o príncipe, sem que fossem hipócritas, eram parte dessa estratégia vital. Quando o governo de Nova Holanda decretou novo aumento de impostos — medida que do diretório da WIC passara ao gabinete do príncipe no Vrijburg para ser posta em vigência de imediato —

frei Manuel começou a acudir às reuniões convocadas sigilosamente pelo senhor de engenho João Fernandes Vieira e por Antônio Henrique Dias, realizadas no sítio deste último, nas bandas da várzea do Capibaribe, pouco mais de meio caminho entre Maurits-Stadt e o Engenho da Madalena que ficava meia légua a oeste, cruzando a ponte de madeira que ligava a ilha ao continente. Participando desses encontros, frei Manuel Calado, perspicaz observador dos acontecimentos em curso, compreendeu que era hora de acender uma terceira vela, e esta seria em intenção daquilo que havia muito esperava: uma insurreição gestava-se; o teor dos debates fazia prever que seria longa a gestação, o momento para que eclodisse dependeria do nível de adestramento das milícias, outrossim de uma conjuntura na qual os batavos estivessem mais vulneráveis. Seria lenta talvez, planificada em seus pormenores táticos — ninguém pensava em servir carne de canhão aos inimigos. Voltavam a reunir-se homens que já haviam dado combate aos flamengos nas emboscadas dos anos anteriores à chegada do príncipe ao Recife: o capitão dos negros, Antônio Henrique Dias, o anfitrião; Antônio Felipe Camarão, capitão dos índios; e Antônio de Souza — a tríade de *Antônios* na cidade do santo de igual nome — estiveram juntos no cerco e destruição de um forte holandês no vilarejo de Goyana, em 1636. Bem-sucedidos naquela operação de ataque, ante a qual os flamengos reagiram tardiamente (as tropas de reforço àquela guarnição chegaram quando já remédio não havia; fora tal a demora, que permitira inclusive a Camarão bater em retirada, acompanhado por mais de dois mil e quinhentos habitantes do lugar), os três capitães começam a nutrir a idéia de outro cerco, o do Recife, um grande desafio que demandará mais recursos, de todo tipo, e uma brecha que, não sendo segredo de confessionário, foi indicada pelo frei: o príncipe não duraria muito à cabeça do governo desse Brasil holandês; sua resistência ao regresso sugerido pela WIC estava sendo minada por pressões constantes nesses dias.

A desilusão crescente do príncipe Johan Maurits, no entanto, convertia-se em resposta altiva a seus detratores — em ordinário, estes talvez esperassem um príncipe deprimido — quando da *tour de force* por ele regida para a conclusão das obras em andamento (a ponte do Recife, foco de alguns dos seus embates mais obstinados com a WIC, como a confirmar aquela atitude, será terminada com seu dinheiro). A premência do cronograma por certo fora posta também em relação aos trabalhos artísticos e científicos de seus colaboradores; pediu-lhes empenho máximo na finalização de seus encargos. O prazo feneceria junto com o ano em curso de 1643.

E aqui estamos nós, tão cúmplices do príncipe nessa invenção chamada Maurits-Stadt, que o leitor já terá dado por descontado que os últimos dias em que como tal será chamada — ou alguém crê que o nome da cidade soará cômodo na boca de quem venha a ocupar o lugar que será deixado pelo príncipe? — naturalmente coincidem com nosso acercamento às últimas linhas escritas deste livro. Mas antes de que nos execute o ponto final, algumas notas, de confiável procedência, merecem leitura.

37

Faz algo mais de uma semana da partida do príncipe, de regresso às Províncias Unidas de Holanda. Com ele foram-se *todos os nossos companheiros desses últimos anos, os Mensageiros do Futuro desagregavam-se: a maioria indo para Amsterdam (Zacharias Wagener, citando Marco Polo, me disse que planejava estar em pouco tempo por mares do Oriente, sob o patronato da outra* Compagnie *holandesa). Markgraf, entretanto, não os acompanhou, o que me pareceu estranho. Eu mesmo vi quando dispôs todas as suas coisas, papéis, instrumentos, todos os seus apetrechos, em caixas que foram levadas ao porto para serem embarcadas. No que é próprio de seu modo de ser, hoje chegou-me com outra insólita idéia das suas, a de que embarcaria em outro navio que passaria primeiro por São Paulo de Luanda, na costa africana, motivado por "uma correlação numérica... cósmica!", que presumia existir entre aquela cidade e o Recife, uma vez que ambas se situam exatamente à mesma distância da linha equinocial (recitou umas quantas hipóteses enquanto me mostrava um mapa onde havia marcado uma linha reta para corroborar sua afirmação). "Obsessões de um astrônomo", pensei, mas compreendi que — mesmo encontrando interessante a justificativa que me dera — deveria ser seu lado também inquieto de naturalista que o havia motivado tomar-se algum tempo naquelas paragens. Pedi-lhe que se por alguma razão por lá se demorasse, sempre que possível, me enviasse seus novos relatos, eu os estaria aguardando para seguir compondo o livro. A ele e aos demais amigos, um agradecimento pelo que me ensinaram; meu* Anno 3 *aqui termina.*

Abordei uma caravela, uma de idênticas características à Virgin *— o quadro na parede da taberna, presente do frei Pacífico, era um retrato fiel daquele seu adorado barco no dizer indisfarçavelmente orgulhoso do* Velho O'Connor *— para prestar minha última homenagem a este, justamente. Subi ao navio, caminhei na direção do sol nascente naquela bela manhã, e lancei as cinzas do velho corsário, meu segundo pai, ao mar. Cumpri assim seu derradeiro desejo. Que Deus o tenha na paz celestial, por todo o sempre, Edward O'Connor.* Farewell.

Cada vez são mais difíceis as condições para minha permanência aqui no Recife. A situação é tensa. As tarefas acumuladas, mudanças repentinas de planos da Compagnie *nos afetam a todos. Entendo que o cerco a que estamos submetidos e as perdas de várias fortalezas na província provocam este desnorteamento, os trabalhos ficam prejudicados, perdem continuidade.*

Os portugueses recuperaram os engenhos que lhes haviam sido confiscados pela WIC. Um soldado me disse que os escravos negros e inclusive muitos índios formam uma linha defensiva nos perímetros das propriedades da várzea do Capibaribe. As tropas de reforço da WIC ainda não chegaram. Sofremos sérios problemas no abastecimento de víveres e de água.

Jerome partiu para o Quilombo dos Palmares. "Quero ouvir as histórias dos negros", me disse. Pedi a Santos que o acompanhasse; aconselhei que tomassem cautela: cruzando o rio dos Afogados, o perigo de emboscadas aumenta a cada passo.

"Considerações de ordem estratégica", assim explicam os oficiais as demolições do Vrijburg — a mais lamentável — e daqueles sobrados mais altos; a torre do observatório de Markgraf, assim como o casarão entraram também na triste lista. O jardim botânico está virtualmente destruído; as instalações do orfanato servem agora de alojamento militar. Por essas drásticas medidas, a única interpretação possível é a de que nos espera um longo e penoso cerco.

Estive com heere *Nieuhof. Conversamos sobre quanto poderia durar a situação, sendo de meu particular interesse a questão seguinte: quanto poderiam agüentar também eles, os portugueses, sem poderem utilizar o porto do Recife para escoar a produção de açúcar que, por diminuída que estivesse, seguia existindo? Soube então que eles estavam utilizando o ancoradouro de Calhetas, no cabo de Santo Agostinho, para embarcar a mercadoria; nossos redutos naquela região haviam caído.*

Eram anotações de Adriaen van der Zee. De diferentes datas. O príncipe e seus colaboradores mais próximos deixavam Maurits-Stadt e o Recife, em maio de 1644; Markgraf, cerca de um mês depois embarcava rumo a São Paulo de Luanda (e não levava sua parafernália, despachada diretamente para a Europa no mesmo navio do príncipe); a morte do Velho O'Connor ocorrera em setembro desse mesmo ano; as notas referentes ao cerco da cidade são feitas nos últimos meses de 1645 (o cerco começara em agosto). Adriaen também regressará ao Velho Mundo, os meses que ainda restam da primeira gravidez de Constance é tudo o que espera. Entretanto, saldando a dívida que temos com o leitor de dar-lhe a conhecer os relatos — acumulados, como já se fez costume — das viagens antimateriais do astrônomo Markgraf (a propósito, são relatos feitos ainda no Recife; Adriaen, havia meses, não recebia notícias do amigo), estes são:

Relato 6: outubro de 1642
Lugar e ano de destino: Maurits-Stadt, 1641

"Havia passado antes por vários lugares; estava sobrevoando Maurits-Stadt... no Vrijburg,[1] *o príncipe recebia dona Ana Paes,*[2] *que lhe trazia doces e manjares do engenho para a hora do chá, em mesa servida ao ar livre no recanto mais apreciado por Sua Alteza, o canteiro de jasmins; Frans Post estava entregue à leitura da* Divina Comédia *de Dante Alighieri, o que era uma conseqüência natural, pensei, do seu deslumbramento com as visões que tivera no transe de ópio; Zacharias Wagener e Adriaen van der Zee, nos trabalhos do dique dos Afogados; a Willem Piso o encontrei em pleno preparo de algum de seus ungüentos à base de ervas. Terminei na casa de Albert Eckhout, que fazia algo para ele rotineiro, executava um esboço artístico, mas que para mim era motivo de ali deter-me por mais tempo: o pintor levara uma mulher negra ao sobrado onde habitava — decerto muito discretamente — para retratá-la... ela estava nua... uma bela fêmea! Olhei o desenho que Albert realizava e vi que o que ele ali começava finalizaria no óleo sobre tela que me mostrara no final do ano passado: era o retrato da mulher negra com uma criança. Mas, onde estava a criança?, perguntará o atento leitor. Na imaginação do artista, como os outros complementos pictóricos que aparecem na obra concluída: nela, a negra aparece como se tivesse posado em espaço aberto, à luz do sol; no lado esquerdo do quadro, uma carnaúba, em plano anterior, coqueiros ao fundo; do lado direito, mais distantes, vemos uma praia de mar, um recife interrompido formando uma barreta, e naus no horizonte (a descrição é exata; evidentemente tanto o astrônomo*

quanto eu pedimos a Albert para ver o quadro, em 1642, quando este relato foi feito). Entanto, acompanhar o processo de criação do quadro que eu conhecia me excitava, em mais de um sentido: eu ia vendo que o artista buscava uma imagem ideal da negra enquanto a olhava... provava um e outro adereço, no pescoço, nas orelhas, tinha uma variedade de colares e penduricalhos — pulseiras, brincos, graciosos chapéus de palha, peças de vestir, uma fita vermelha — dispostos sobre a mesa, e os ia experimentando na jovem mulher. Albert estava visivelmente fascinado; estaria enxergando uma aura na mulher que retratava, tal como uma vez ele dissera que isso ocorre, não rara vez, quando se põe a captar artisticamente as figuras e motivos para suas telas? (Voltando à tela que vimos: ela acabou seminua, despida apenas da cintura para cima, exibindo os peitos firmes e atraentes, usando uma saia curta tendo na cintura a mencionada fita vermelha; o chapéu escolhido tinha um adorno redondo no alto; dois colares no pescoço: um vermelho, e o outro, uma delicada jóia de prata; na mão direita ela sustenta erguido um cesto com frutas da região. O infante aparece de pé ao lado da mulher, sobre sua cabeça a mão esquerda dela pousa; o menino nu tem em uma das mãos um periquito[3] enquanto que com a outra agarra uma espiga de milho.) Mais além da dedicada preparação da obra de arte, eu bem via que outras artes Albert tencionava fazer com a bela moura, que por sua vez também o fitava com olhos de desejo, suas tetas ganhando relevo, enrijecidas... Das provas com os artigos de vestuário o pintor passava às carícias, percorrendo as curvas do corpo negro com as mãos, enquanto ela abria um sorriso de quem adivinha os prazeres anunciados pelo tato do pintor viajando à flor de sua pele. Os caminhos que tomaram a partir daí, o leitor talvez não seja tão imaginativo quanto o foram pelo resto da tarde e, quem sabe, noite adentro, o artista e sua musa, mas servirá para o deleite poético sobre o acontecido por mim em parte presenciado. Cometi minha indiscrição por algum tempo mais e sei que eles continuaram naqueles deliciosos jogos, pois, ao retirar-me, dei uma espiada antes no papel, e o tema estava incompleto; a criança não aparecia ainda no esboço feito a lápis; vai aparecer, sim, na pintura finalizada, desta já foi dito quase tudo, menos um detalhe curioso: ali o menino tem uma cor de pele mais clara, um mulato nascido da imaginação do meu amigo Albert. Fértil imaginação."

Notas ao Relato 6:

1. Palácio do príncipe Johan Maurits, situado na extremidade norte de Maurits-Stadt. A obra leva a firma magistral do estimado amigo, arquiteto Pieter Post.

2. Senhora do Engenho da Casa Forte, amiga dileta do príncipe.

3. Ave tropical que se assemelha ao papagaio, sendo porém de menor porte.

Relato 7: setembro de 1643
Lugar e ano de destino: Lua, ano desconhecido

"E vejam só: experimentarei dificuldades parecidas às do velho Panimphasis tentando explicar ao tio Nikolaas as coisas dos viajantes cósmicos da nave esférica (Markgraf refere-se a um

personagem da história que, incorporado no soldado Mattias, contava aos amigos de farra, em relato que se encontra páginas atrás). Com o maior prazer, pois me custou reiteradas tentativas para chegar aonde cheguei nesta inesquecível viagem. Eu estava na lua. Nem os grandes Tycho Brahe e Galileo, que tanto trabalharam no aperfeiçoamento do telescópio, puderam ver o que eu vi: máquinas estranhíssimas, construídas em prata e ouro; uma bandeira fincada no solo polvorento; geringonças diversas, duas das quais parecidíssimas com a machina incognita! *(nem tudo era tão irreconhecível).*[1] *Onde estavam os selenitas? As coisas pareciam ter sido abandonadas por alguma esquadra de viajantes; a bandeira com listras horizontais e um retângulo com muitas estrelas, colocada ali, tal como fazemos aqui na Terra, era uma mensagem claríssima: conquistadores vindos de um grupo de estrelas da galáxia desembarcaram naquele vale lunar. Era imenso esse vale desértico: montanhas rochosas; paisagem branca; e o céu... o céu não é azul na lua, é profundamente escuro (o astrônomo não fez qualquer referência sobre o ar, sequer lembrou-se desse pormenor, devido a que em estado antimaterial nunca lhe era necessário respirar). Nosso planeta, visto de lá, se não é o centro do universo, como nos ensinou o célebre Copernicus, por instantes nos faz dar crédito à obsoleta teoria que deixava orgulhosos nossos antepassados: é maravilhosa, majestosa, a bola azul que habitamos! Neste ponto comento-lhes a reflexão que já vinha de fazer: se depois de tanto perscrutar nosso satélite — e quantos astrônomos o têm feito durante todos esses anos! — até agora nada do que eu vi foi visto da Terra, seria razoável se pensar que eu tinha ido parar no lado oculto da lua, onde aqueles objetos tinham sido deixados, o que resolveria a questão, não fosse que... dali, do solo lunar onde eu estava, pude apreciar nosso belo planeta, o que vem a ser prova inconteste de que eu encontrava tudo aquilo... no lado visível! Entretanto, continuemos: mencionei a* machina incognita, *isto mesmo, havia artefatos semelhantes, um deles, o mais parecido, na parte da frente de um carro metálico de quatro rodas; alguns tubos que inicialmente pensei que seriam telescópios, terminei constatando que o eram só em aparência (ao acercar a vista no que corresponderia ao visor, nada vira). Telescópios... quando será que nossos telescópios nos vão permitir visualizar essas curiosas máquinas que jazem na lua? A descoberta de todas essas coisas na face visível da lua me faz pensar no quanto que ainda deixam a desejar esses prolongamentos de nossos olhos! Passados os primeiros momentos de estupefação, retomei uma de minhas preocupações habituais nessas viagens: saber em que ano estava... e eis outro complicado problema. Será que pelo menos os números que usamos serão os mesmos que eles usam? Como saber onde estaria indicada a data, o ano? Mas... ora! De que serviria, se não haveria como entender o calendário deles? De qualquer forma, ainda que por mera curiosidade, achei que valia a pena descer e ver bem de perto aqueles objetos; aproximei-me de uma pequena caixa que estava no chão, agachei-me e foi assombroso... nela estavam escritas — com as mesmas letras que usamos! — as palavras* grav, bias, read; *e também encontrei números!*[2] *Com pressa, dirigi-me ao carro metálico, mas já não tive tempo de alcançá-lo... uma força empurrou-me para cima e, como sucedera em viagem anterior (refere-se à que o levou a Weil der Stadt, 1620; é o segundo relato neste livro), senti novamente uma sucção e um manto de cores se antepôs aos meus olhos; era o aviso de que eu estava regressando a meu corpo, contudo não terminaria aí a viagem. Depois das cores, o branco; do centro do branco, um círculo cresceu trazendo a visão de uma nau singrando o mar Oceano... senti uma melancolia repentina; era como se eu estivesse ali naquele barco, navegando pela esfera azul. Fiquei assim, olhando para aquele barco, pelo tempo que ainda me restava."*

Notas ao Relato 7:

1. Artefato cujos planos de desenho e instruções de montagem e uso, estas presumivelmente escritas em idioma argot, foram parar em mãos de um frade do Convento de Santo Antônio do Recife. Meses antes do presente relato, um amigo comum do autor e do relator das viagens deste livro contou-nos a história desses planos a ele apresentados pelo frade. Os planos, depois de morto o frei, haviam sido destruídos — disto soubemos quando dos intentos para reavê-los — durante a ocupação do convento por tropas da WIC, em 1630. Assim mesmo resolveu-se construir um pequeno modelo do artefato, baseado em reminiscências do amigo que vira os desenhos um par de vezes, ao que denominamos machina incognita. *Markgraf ficara surpreso de haver encontrado objetos similares na lua: era bem recente o fato de que, quando o modelo da* machina *ficou pronto, instalou-se um debate entre um grupo de amigos sobre sua possível procedência da civilização da Atlântida.*

2. Segundo Markgraf, isto reforça a tese de que no passado remoto a Terra foi visitada por viajantes cósmicos. E que continua sendo. Muitos vieram para ficar.

PRÓLOGO DO AUTOR

Contou-me Markgraf; aqui procedo a uma transcrição, a mais fiel possível, de seus relatos sobre as extraordinárias viagens antimateriais que empreende... Sim, ao mui ilustre e amável leitor que tomou conhecimento da passagem do astrônomo Georg Markgraf van Liebstadt desta para a outra vida (na viagem entre o Recife e São Paulo de Luanda ele encontrou a porta) sustento, até que me provem o contrário, que meu entranhável amigo e confrade continua a realizar muitos outros périplos pelos tempos e pelo cosmos.

Nos relatos que seguem, tive a oportunidade de conhecer admiráveis histórias, dignas do meu mais absoluto crédito, não apenas por ter conhecido em pessoa a Markgraf, homem íntegro e sábio, como pela fluência das narrativas, sem titubeios, e ricamente detalhadas quanto a lugares e artefatos vistos, nomes, palavras, e coisas várias que mereceram notas explicativas ao final de cada capítulo.

Embora já não o sejam daqui para diante, resolvi manter a particularidade de *Secretíssimas* na referência do título, por razões sentimentais; trata-se de viva alusão à confiança que me foi depositada pelo amigo, durante o tempo em que ambos desempenhamos funções no governo de Sua Alteza, o príncipe Johan Maurits van Nassau-Siegen, em Nova Holanda, terras do Brasil, América Meridional. O compromisso por mim assumido com o astrônomo foi o de não publicar os relatos, senão só depois de seu definitivo abandono do corpo material (ele aprovaria este eufemismo), o que implicava no risco de que os mesmos jamais pudessem chegar às mãos do leitor, fosse eu o primeiro a deixar este mundo. Mas, qual o quê?, ele certamente sabia que haveria de acontecer como aconteceu: esta é a exata impressão que me dá, agora que tenho a perspectiva do conjunto de fatos sucedidos, quando recordo sua decisão de durante muitos meses ter-se recusado de ir a outro lugar que não fosse a lua, almejado destino sobre o qual (ele devia saber) fará seu último relato neste livro. "... Vamos, Georg Markgraf; permite-me escutar tuas risadas enquanto escrevo!"

Por último, quero agradecer a Johan Nieuhof e ao frei Manuel Calado, O.S.P., pela valiosíssima contribuição às notas explicativas de alguns dos relatos, e ao mesmo tempo apresentar-lhes minhas mais respeitosas desculpas por não ter-lhes compartido, nas instâncias em que os consultava, de que seus esclarecimentos serviriam aos fins específicos desta obra, pois que fundava-me, mui estimados e preclaros senhores, na ética de guardar absoluta reserva em torno aos escritos que agora, confundido se devo dizer *feliz* ou *infelizmente*, entrego ao público leitor.

38

O livro, composto e impresso, tinha quarenta e três páginas, o número inverso ao que em anos de idade tinha Georg Markgraf quando cruzou a porta dimensional. Adriaen foi honesto em cingir-se aos sete relatos autênticos do astrônomo, não inventou um só a mais, respeitou a cifra, negou-se a engendrar mais uma falsificação literária para as feiras de Europa. *As Espantosas e Secretíssimas Viagens Antimateriais do Astrônomo, Botânico e Zoólogo Georg Markgraf van Liebstadt* foi editado em Leiden, onde Adriaen passou a residir junto a Constance e o pequeno Antonis; foi só ali, em inícios de 1647, que ele soube do ocorrido: o astrônomo havia sido dado por desaparecido, em África. Fazia três anos de sua partida rumo a São Paulo de Luanda e isso era tudo que a WIC podia dizer oficialmente, o que em conseqüência prolongava a ansiedade de Adriaen, moralmente impedido de publicar seu livro. Um ano depois, premido pela dúvida angustiante — duplamente angustiante dito seja, pois se o tema da publicação passara a ser secundário diante do drama humano, também poderia estar postergando inutilmente uma decisão que já adquiria um caráter de homenagem ao amigo —, Adriaen desabafa com Willem Piso e este o convence da justeza de levar os escritos ao prelo, sugerindo ao cartógrafo que refletisse no prólogo suas convicções e seu apego ao pacto que fizera com o astrônomo. A sugestão, acatada como vimos, o entusiasmou a tal ponto, que sentiu-se à vontade para expressar sua esperança de a qualquer momento reencontrar o viajante antimaterial, sonhando talvez com que as próximas edições saíssem a público devidamente, e autenticamente, revistas e aumentadas.

De ânimo renovado, aliviado daquele peso de consciência, Adriaen começou a trabalhar em seu novo projeto: montar telescópios. Queria chegar ao estado da arte do instrumento. Engenhou sucessivas e melhoradas combinações de lentes, provando diferentes distâncias ópticas entre elas, tudo o que seus anos de ofício lhe ensinaram. Queria obter a melhor qualidade de visualização possível; e era deveras obstinado: todas as noites de lua cheia dedicava-se a fazer um recorrido minucioso da superfície do satélite, no afã de busca do desaparecido amigo. Até aí fiquei sabendo. Dou fé de que assim foi.